À LA MACHINE

YAMINA BENAHMED DAHO

À la machine

roman

l'arbalète gallimard

l'arbalète

collection dirigée par
Thomas Simonnet

À ma mère

Texte veut dire Tissu; mais alors que jusqu'ici on a toujours pris ce tissu pour un produit, un voile tout fait, derrière lequel se tient, plus ou moins caché, le sens (la vérité), nous accentuons maintenant, dans le tissu, l'idée générative que le texte se fait, se travaille à travers un entrelacs perpétuel; perdu dans ce tissu – cette texture – le sujet s'y défait, telle une araignée qui se dissoudrait elle-même dans les sécrétions constructives de sa toile.

ROLAND BARTHES
Le plaisir du texte

1. Naissance de l'idée, origine romantique

Il est courant de représenter l'idée qui précède l'invention comme une action de l'esprit à la fois spontanée, claire, singulière – ampoule qui s'allume, point d'exclamation géant, neurones clignotants. Pour amplifier son caractère fulgurant, l'action se produit de préférence lors d'un moment banal, inoffensif – pendant la nuit, au cours d'une promenade, face à la mer. Quand l'idée naît dans un esprit masculin, il est commun de faire jouer à la femme le rôle de la muse sans laquelle rien n'eût été possible. Ainsi de Barthélemy Thimonnier, on dit que l'idée du métier à coudre lui vint alors qu'il regardait amoureusement sa femme à l'ouvrage, brodeuse parmi les brodeuses des monts du Lyonnais. Admettons.

Madeleine est assise près de la fenêtre, la lumière éclaire le tissu gris-beige tendu sur le tambour en bois dressé devant elle. Sous la mousseline de coton blanc, elle saisit entre les doigts de sa main gauche un fil de coton si fin qu'il semble invisible. Dans sa main droite, elle tient souplement un crochet en métal qu'elle pique dans l'étoffe. Elle le tourne vers l'arrière pour bloquer le fil sur l'encoche, le remonte au-dessus du tissu. Le fil fait une boucle que Madeleine entraîne délicatement sur le crochet qu'elle repique un point plus loin. Elle forme ainsi une série de boucles piquées les unes dans les autres comme les maillons d'une chaîne parfaitement identiques. Elle se tient droite face à l'ouvrage, la tête à peine inclinée vers l'avant, enchaîne des gestes multiples que rien ne contrarie. Elle peut tout à la fois contrôler la longueur des points, maîtriser la tension du fil, varier les couleurs, appliquer un coup de ciseaux, resserrer l'étoffe, nuancer les motifs. Madeleine exécute chaque mouvement avec une rapidité et une précision telles qu'il faut peu de temps à Barthélemy pour voir apparaître sur la bande de linge une guirlande de glaïeuls nacrés, de narcisses argentés, de pivoines pourpres, de muguets lustrés, de jonquilles jaune tendre, de jasmins opalins. Le relief parfaitement rond et régulier de la broderie donne l'impression que les fleurs ont été fraîchement cueillies.

Avant de partir, Barthélemy embrasse sa femme sur le front, décalant légèrement sa coiffe de dentelle tuyautée. Madeleine laisse échapper un léger soupir, qui gonfle ses joues grasses et tombantes. De nature silencieuse, elle regarde à peine son mari en replaçant sa coiffe d'un mouvement discret et pressé, pour ne pas rompre le rythme de la broderie.

Sur le chemin qui sépare la maison de son atelier de tailleur, Barthélemy marche d'un pas lent et rêveur. Mais il n'est pas aussi distrait qu'il le laisse paraître puisque c'est en évitant de se tordre la cheville en contournant un nid-de-poule que vient l'idée que les points effectués par la main habile de sa chère brodeuse pourraient être imités par une machine. Une machine qui faciliterait l'assemblage des pièces de tissu pour les costumes civils et militaires, les robes domestiques et de palais, les soutanelles, les roquelaures, les redingotes, les gilets, les vestons, les manteaux, les jupons.

Le soir venu, Barthélemy, de retour à la maison, prend les mains larges, musculeuses, douces de Madeleine dans les siennes. Elle sent les paumes dures et épaisses de son mari mais pas la cicatrice de ses doigts amputés qui a disparu dans les plis de la peau rugueuse. Elle a ses yeux noirs plongés dans le regard tendrement affaissé de Barthélemy. Il s'approche de son oreille pour la remercier et l'embrasse dans le cou, sans qu'elle comprenne exactement ce qu'il se passe à cet instant.

2. Naissance de l'idée, origine anthropologique

Barthélemy et Madeleine, avant d'être un couple amoureux, sont des *Homo sapiens*, descendants des chasseurs-cueilleurs. Quand Madeleine brode, elle exécute un geste manuel qui s'est transmis des milliers d'années durant pour faire vivre et survivre des groupes humains dans toutes les régions du monde. Parce qu'il est demeuré intact depuis son origine au paléolithique supérieur, le geste de la main-outil puissante et créatrice peut être converti en un geste mécanique, rapide, pratique au début du XIXe siècle dans l'esprit du tailleur. Barthélemy regardant Madeleine regarde en fait la main de l'homme créant l'aiguille à chas il y a plus de dix mille ans.

Ils se retournèrent vers la rivière, reculèrent de quelques mètres encore, installèrent le camp là où ils étaient assez proches de l'eau pour surveiller leurs proies tout en s'en tenant assez loin pour vivre sans les effrayer. Ils se séparèrent le temps de pêcher au harpon, de ramasser des pierres, des branchages et des os, des baies et des feuilles. Lorsque tout fut rapporté sur le camp, en quantité variable mais suffisante jusqu'au nouveau jour, ils marquèrent le foyer en déposant des pierres en cercle sur le sol. Ils y déposèrent des brindilles, de la mousse, des écorces. En frappant un bloc de silex contre un éclat de pyrite au-dessus du tas de bois sec, ils obtinrent une étincelle qui produisit une flamme qui généra le feu. En quelques instants, il leur apporta simultanément la lumière et la chaleur sous un ciel bas et voilé. Ils montèrent une hutte faite d'os assez longs pour tenir verticalement, la recouvrirent de longues branches touffues. Ils délimitèrent des espaces, chacun réservé à une tâche : un premier accueillait le débitage des pierres, un deuxième le dépeçage des bêtes, un troisième l'assemblage des peaux.

Ils se nourrissaient de ce qu'ils trouvaient dans la nature. Quand ils ne pêchaient ni ne cueillaient, ils limaient leurs outils, en créaient de nouveaux, plus utiles et plus beaux. Avec un galet, ils sculptaient les silex dont les éclats conchoïdes s'envolaient avant de retomber comme une pluie de poussières scintillantes. Les gestes étaient maîtrisés, équilibrés, de manière à obtenir un outil en forme d'amande extrêmement tranchant et parfaitement symétrique. La frappe au percuteur produisait un son régulier qui parfois entraînait le corps dans un mouvement de va-et-vient. Et sur ce rythme autant que sur le geste, les enfants se calaient quand ils s'amusaient à reproduire le façonnage des outils. Avec l'âge, certains devenaient capables d'acquérir une technique si perfectionnée que, dans un tétraèdre en pierre, ils pouvaient tailler un outil prestigieux semblable à une feuille de laurier.

Aux premières lueurs d'un jour clair, froid et humide, le groupe se prépara au passage d'un troupeau de rennes. Quatre d'entre eux, les plus habiles, furent désignés pour chasser. Ils descendirent dans la plaine. Ils marchaient alignés, leurs corps raides et robustes portés par des jambes puissantes. Quand ils atteignirent la terre sableuse, ils se couchèrent pour ramper jusqu'à la berge. À l'approche du groupe de cervidés, ils sentirent la terre vibrer sous leur peau nue. Ils observaient les animaux, robe brune et bois fiers, avancer dans l'eau quand ils les virent ralentir à mi-chemin, dans le fond vaseux et trouble de la rivière. À cet instant, ils se relevèrent et envoyèrent leur sagaie. Au ronflement des lances, le troupeau se mit à bramer et se tassa. Les derniers, apeurés, poussaient les premiers, qui chancelaient quand s'emmêlaient leurs empaumures en forme de cœur. Ils pataugeaient vers la rive. Une fois leurs larges sabots sur le sol ferme, ils bondirent vers la plaine et disparurent entre les arbres. Un renne resté figé sur la berge poussa un cri de douleur et de solitude. Puis il s'effondra. Les quatre hommes approchèrent, l'encerclèrent pour l'observer. L'un d'eux enfonça plus profond la sagaie plantée entre ses côtes. L'animal tremblait en même temps qu'il étouffait. Quand il fut absolument immobile, ils le transportèrent jusqu'au camp.

Ils le déposèrent à l'endroit qu'ils avaient réservé pour commencer à le dépecer. Ils se munirent de bifaces emmanchés et le découpèrent. L'outil était si tranchant que l'arête perça sans trop de résistance la peau de l'animal. L'homme la retira ensuite lentement avec les mains, parfois en s'aidant des mâchoires. Ils dégagèrent les entrailles, récupérèrent la viande qu'ils détaillèrent en morceaux.

D'autres se chargeaient des peaux : ils en nettoyaient l'envers avec des grattoirs puis ils les coupaient en plusieurs pièces. Le groupe assis à l'endroit du façonnage des outils s'occupait des os. Avec les ramures, ils faisaient des manches pour leurs objets tranchants. Dans les tibias, ils creusaient des récipients. Dans les phalanges, ils sculptaient des aiguilles. À l'aide d'un silex, ils pratiquaient des incisions transversales pour former plusieurs baguettes qu'ils détachaient délicatement une à une. Ils les raclaient de façon à ce qu'une extrémité fît une pointe et l'autre un aplat qu'ils perforaient en y faisant pivoter de chaque côté la pointe du biface. Les deux trous, en se rejoignant, formaient un chas.

Après qu'ils eurent mangé la viande cuite sur de larges galets plats brûlants, ils retournèrent au taillage des outils et préparèrent les peaux séchées. Ils posèrent deux pièces sur l'envers qu'ils percèrent à intervalles réguliers. Fermement tenue par la pointe entre les doigts, l'aiguille poussée à plusieurs reprises de manière circulaire perfora les deux épaisseurs. Ils la tirèrent afin qu'elle entraînât avec elle le boyau qui servait de cordon.

Ainsi les peaux réunies par un fil unique noué à chaque extrémité formèrent une parure solide et souple qu'ils portèrent pour se protéger du froid, une couverture qu'ils déposèrent sur la hutte pour l'abriter du vent, une outre dans laquelle ils conservèrent l'eau fraîche ou le bouillon de viande.

3. Naissance de l'idée, origine psychanalytique

Tailleur de profession, Barthélemy s'identifie, sans le savoir ou en le sachant inconsciemment, à ce petit personnage d'artisan, héros minuscule de contes, rusé et facétieux, brave et vif d'esprit. Ayant passé son adolescence au séminaire Saint-Jean – d'où il s'enfuit quand l'heure vint de porter la tonsure –, il est un jeune homme instruit au XIXe siècle. Il pense un jour au métier à coudre comme le vaillant petit tailleur décide un matin de s'attacher la ceinture autour du corps pour partir dans le monde, pensant son atelier trop petit pour son courage.

À dix-huit ans déjà, de courage, Barthélemy l'apprenti tailleur n'en manque pas en refusant de rejoindre l'armée napoléonienne en Russie impériale. Certains se cachent dans les forêts ; lui n'est pas prêt à vivre en ermite. D'autres se font arracher ou scier les dents pour ne pas avoir à déchirer les cartouches de poudre en papier ; lui ne se voit pas démolir sa mâchoire avec des pinces rouillées. De jeunes réformés lui recommandent l'amputation. Très précisément : l'amputation des premières phalanges du majeur et de l'index droits. Dans l'atelier de son patron, auquel il fait croire à un accident du travail, Barthélemy se tranche les doigts. Schlack ! Le coup de hache le rend inapte à tirer au fusil et il échappe au service militaire.

De cette péripétie, le petit tailleur a peut-être gardé l'idée qu'il ne passerait pas sa vie uniquement dans une pièce mal aérée où les particules d'étoffes, les poussières, les vapeurs du fer à repasser encombrent ses bronches et le font tousser. Où les clients les plus exigeants, qui sont aussi les plus riches et les plus méprisants, relèvent le moindre défaut pour imposer de régler en plusieurs fois, de verser une somme inférieure à celle qui était convenue ou même de ne rien payer en menaçant de confier leurs prochains vêtements à un autre tailleur si Barthélemy réplique.

Le client qui entre dans son petit atelier ne se préoccupe pas du temps que le petit tailleur doit passer pour confectionner un vêtement – il lui faut intégrer chaque ligne, chaque courbe, chaque inclinaison du corps, adapter la souplesse des plis et la profondeur des angles, prendre en considération la mode en cours, la quantité et la particularité des étoffes…

Personne ne relève le soin que réclament les mesures pour reproduire à l'identique la structure détaillée du corps – épaules rentrées ou ouvertes, rondeur du ventre, poitrine plate ou élevée, longueur des manches, tour de hanches et tour de cuisses…

Personne ne s'intéresse aux étapes qui déterminent les qualités de l'habit – le tracé, le coupé, la couture, la remise à l'uni, l'entoilage et le renfort des pièces, la pose des boutonnières, des pattes, des poches, des brodés, des galons, des revers, du col, des manches…

Le tailleur est un sous-fifre dont on néglige l'art pour ne pas avoir à payer le prix de son talent. Mais Barthélemy est solide de corps, fin d'esprit. Il se consacre aux commandes de vêtements le jour, occupe ses nuits à fabriquer son métier à coudre, sûr qu'un beau matin il quittera son atelier pour vendre son invention de par le monde.

Il ne s'imagine pas que dans la société industrielle naissante, les opposants seront toujours plus nombreux que les adjuvants ni que la résolution de la quête ne tient pas ses promesses de bonheur et de richesse, comme annoncé dans les contes.

4. *Naissance de l'idée, origine politique*

Quand ils se rencontrent, Madeleine est pauvre et Barthélemy n'est pas riche. Le couple subit les mouvements de l'industrialisation (de la campagne au faubourg ouvrier) et en supporte les mécanismes économiques (ou bas salaires ou chômage). L'idée du métier à coudre a alors pu naître de deux volontés : celle d'intégrer la société technique et industrielle pour échapper à la pauvreté et à la dureté du travail artisanal d'une part, celle de participer à l'amélioration des conditions et de la qualité du travail d'autre part. Dès lors que le tailleur ne peut pas vivre de son métier, il s'accroche à son invention. Hélas, Barthélemy découvrira que l'horizon du monde industriel recule à mesure qu'il avance et qu'on ne l'atteint qu'à la condition d'être sélectionné, un peu par hasard, un peu par nécessité.

Madeleine Varinier est née en 1801 à Panissières, au cœur des Montagnes du Matin, dans la Loire. Orpheline à trois ans, son enfance la forme à la discrétion et à l'acceptation de la vie telle qu'elle se présente, même injuste, même cruelle. Elle grandit sous tutelle, ne sait pas écrire et possède pour tout patrimoine une centaine de francs et quelques vêtements. Son métier de brodeuse lui assure un maigre revenu mais un revenu tout de même.

Barthélemy Thimonnier est le fils d'un garde champêtre. Il grandit au sein d'une famille nombreuse, dans un logement de fonction insalubre à Amplepuis. Il est envoyé à Lyon à l'adolescence pour y recevoir une instruction religieuse qui lui permet d'apprendre à lire, à compter, à composer. À dix-sept ans, il apprend le métier de tailleur à L'Arbresle. Il s'installe plus tard à Panissières, où il ouvre son atelier. Il rencontre Madeleine, devenue brodeuse. L'épouse. Elle est ainsi libérée du tuteur qui gérait ses biens. Lors du mariage, le 23 janvier 1822, elle remet son argent à son mari – une autre façon d'être sous tutelle, l'amour en plus.

Le travail du couple rapporte peu. Alors Madeleine et Barthélemy suivent les passementiers, les rubaniers, les forgerons, les taillandiers, les couteliers, les maréchaux-ferrants, les quincailliers. Ils partent vivre et travailler près de Saint-Étienne. Dans les rues centrales et sur les collines, dans les traboules et sur les ponts, dans les houillères et sur les berges du Furlan, la région tout entière est engloutie par le bruit des outils. Depuis l'ouverture de la première ligne de chemin de fer française qui mène le charbon dans des chariots tractés par des chevaux à Andrézieux, la ville paraît plus puissante encore et attire chaque semaine de nouveaux habitants.

Barthélemy et Madeleine louent une maison à Valbenoîte, près d'un château d'eau qui alimente les cinq fontaines de la ville. Le tailleur travaille dans un petit atelier tout proche de sa maison. Malgré les nombreuses commandes journalières, le travail paie mal. Quotidiennement, il tient les comptes : l'argent gagné, les taxes, les dettes, les heures de sommeil qui manquent, les tranches de pain qui restent.

L'idée que sa vie pourrait être moins pénible grâce à une invention technique l'occupe de plus en plus. Il imagine une machine imitant les points effectués par la main qui brode. Une machine facilitant l'assemblage des pièces de tissu pour les costumes qu'il fabrique. Une machine pour les tailleurs comme lui mais également pour les couturières. Ne cousant plus à la main mais à la machine, ils et elles produiraient des ouvrages de meilleure qualité et en plus grande quantité. Elles, surtout, pourraient travailler comme eux et, en tant qu'ouvrières industrielles, gagneraient davantage d'argent ou au moins autant qu'eux.

Poussé par un élan d'orgueil, Barthélemy se met à penser : il y a eu le chemin de fer, la presse d'imprimerie, l'horloge mécanique, la locomotive à vapeur, la machine à calculer, la machine à écrire, la machine à courir, le métier à filer, le métier à tisser, il y aura le métier à coudre.

Valbenoîte

De ces quatre hypothèses reste une certitude : c'est au début de l'année 1829 que naît l'invention. Barthélemy a trente-six ans quand il se tient debout face à la machine.

C'est un imposant bâti en bois rectangulaire muni d'une pédale pour actionner le métier et d'un volant pour tenir le crochet hors du tissu si on l'arrête. L'accrocheur, en assurant la tension du fil, transpose les gestes de la main gauche de la brodeuse. Ceux de la main droite sont effectués par une onglette qui pousse le crochet à travers l'étoffe et tire la boucle formée sous le tissu lors du point précédent.

La mécanique coud six fois plus vite que la main. Grâce à un seul fil, on peut obtenir une couture à points de chaînette identiques à ceux qu'effectue une brodeuse et coudre des pièces de tissu en continu, sans avoir à les retourner pour les coudre dessus puis dessous. Barthélemy, face à la machine aussi rigide et austère qu'efficace et singulière, la regarde comme son double.

Face à la machine, je suis d'abord méfiante. L'engin en fonte noir, huileux par endroits, monté sur un meuble en bois, est installé dans la salle à manger, près de la fenêtre donnant sur la cour bétonnée incrustée de morceaux de carrelage irréguliers. La machine n'est jamais repliée dans son coffre, ma mère s'en sert tous les jours. Le soir, elle est recouverte de tissus et de rubans en attente d'être cousus, sitôt remplacés dès qu'ils ont été assemblés.

Je ne vois en cette machine qu'un monstre, un petit monstre de fer sombre, bruyant. Mystérieux. Où ma mère se l'est-elle procurée ? Qui l'a transportée jusqu'ici ? – elle pèse si lourd. Est-elle vivante pour gronder si fort quand ma mère l'utilise ? La nuit, quand toute la famille dort à l'étage, la machine à coudre s'anime-t-elle comme dans les pires films de science-fiction ? Pourrait-elle se transformer en machine à tuer ? Elle se déplacerait silencieusement sur ses pieds en fonte, monterait discrètement les escaliers, assommerait toute la famille d'un coup sec de porte en bois et nous tuerait tous en nous perçant le cœur avec son aiguille. Se pourrait-il que notre maison, en raison de la présence de cette machine à coudre, soit hantée ? À huit ans, j'ai vaguement entendu parler de

Frankenstein *et de* Terminator, *de* Metropolis *et de* 2001, l'Odyssée de l'espace, *je sais que les machines peuvent se retourner contre les humains.*

Saint-Étienne

Avec l'invention ne vient pas nécessairement la richesse. Parce qu'il faut d'abord la protéger avec un brevet qui coûte beaucoup d'argent, Barthélemy n'en a pas. Puis il faut la faire connaître et apprécier, ce qui paraît difficile pour Barthélemy qui vit dans un lieu-dit inconnu des sociétés savantes, ignoré des intellectuels parisiens donc exclu des rapports sociaux et des activités économiques nationales. Enfin il faut qu'elle soit suffisamment exploitée pour être rentable et l'inventeur ignore tout de cette procédure de production.

Barthélemy, au printemps, fait la connaissance d'Auguste Ferrand. L'homme travaille à l'École des Mines de Saint-Étienne et propose l'affaire suivante à l'inventeur : je compose le dossier pour déposer le brevet du métier à coudre et j'en paie les frais si vous me cédez la moitié des droits de propriété ; je diffuse les machines si vous les fabriquez.

Un petit tailleur, ce n'est pas naïf. Barthélemy sait que s'il accepte le marché de Ferrand, l'invention ne lui appartient plus tout à fait. Un petit tailleur, c'est même farouche. Cinq années de travail valent-elles vraiment de partager égalitairement avec Ferrand les richesses que produirait sa machine ? Évidemment, non. Sauf que, oui, évidemment, Barthélemy signe la proposition sans la négocier car il n'a aucun autre moyen de faire breveter, produire et diffuser son invention.

La dure loi du plus riche et la règle de la hiérarchie sociale font rapidement passer Barthélemy du statut d'inventeur du métier à coudre à celui de co-inventeur et mécanicien. Voyant le verre à moitié plein, Barthélemy finit par considérer qu'il a gagné quelque chose tout de même et se réjouit d'annoncer, le cœur vibrant d'amour et d'espoir, l'affaire à Madeleine.

Auguste Ferrand compose le dossier de présentation du métier à coudre sans jamais consulter le tailleur de Valbenoîte. Il établit dix feuillets détaillant la machine et onze planches de dessins représentant les différents éléments mécaniques. Lorsque tous les documents sont réunis, numérotés, classés – en 1830, déjà, l'administration provoque des vertiges –, il rédige la demande sur une feuille unique, qu'il place en introduction du dossier :

Barthélemy Thimonnier, tailleur demeurant à Valbenoîte, et Auguste Ferrand, répétiteur à l'École des Mines de Saint-Étienne, demandent un brevet d'invention qui durera l'espace de quinze années, pour fabriquer, vendre et débiter, exclusivement dans tout le royaume, des métiers propres à la confection des coutures, dites à point de chaînette, sur toutes sortes d'étoffes ou tissus, métiers dont ils déclarent être les inventeurs.

Sous le texte, Ferrand appose sa signature, *Ate Ferrand*, ainsi que celle du tailleur auquel il aura décidément tout pris, *By Thimonnier*. Il dépose la demande à la préfecture de la Loire où on lui donne en retour un billet attestant du jour du dépôt : 13 avril 1830.

Il n'attend pas la délivrance du brevet pour préparer la diffusion de la machine, qui s'annonce d'autant plus facile et rapide qu'il connaît quelqu'un qui connaît quelqu'un qui pourrait être intéressé. L'affaire se conclut en un aller-retour. Aller : Ferrand présente la mécanique à Combes qui se précipite dans le bureau de Beaunier qui contacte des bailleurs de fonds à Paris parmi lesquels plusieurs membres de la famille Petit, passés par l'École polytechnique, sont intéressés. Retour : Germain Petit propose à Beaunier près de quatre-vingt mille francs pour exploiter de manière exclusive la machine en France et à l'étranger, lequel transmet à Combes qui informe Ferrand qui prévient enfin, et c'est la moindre des politesses, Thimonnier.

Le 1er juin 1830, ils partent tous les quatre pour conclure le contrat d'exploitation.

Paris

Arrivés le 7, ils signent le 8.

Dès lors, l'invention partagée avec Ferrand devient également la propriété de Petit et de Combes. La raison du plus fort étant toujours la meilleure – nous l'allons montrer tout au long de ce livre –, c'est le plus puissant qui décide de la répartition du fromage et de l'organisation de l'entreprise. Parce qu'il apporte la plus grosse somme, Germain Petit impose que la société porte le nom de Germain Petit & Cie. Il en établit le siège 155 rue de Sèvres, là même où les quatre hommes signent le contrat d'exploitation. Il annonce que l'atelier ouvrira rue de la Baronillière.

Barthélemy est nommé directeur et mécanicien, c'est-à-dire qu'il doit réserver tout son temps à la construction des métiers, à leur perfectionnement et à leur conduite par les futurs ouvriers. Pour ce travail, il reçoit un salaire de mille huit cents francs par an. Soit environ quatre francs cinquante par jour. Soit un peu plus du double que ce qu'il gagnait en tant que tailleur.

Pour son invention qui lui a valu près de cinq années de recherche, Barthélemy reçoit huit mille francs en plus. S'il voyait le verre à moitié vide, il s'apercevrait qu'il aurait pu en percevoir huit mille supplémentaires s'ils n'étaient pas allés dans la poche de Ferrand en raison de son statut de co-inventeur autoproclamé. Barthélemy accepte le contrat qui le dépouille en partie de son invention puisqu'en partageant l'exploitation, elle ne lui appartient plus tout à fait.

Barthélemy passe de longues journées dans le local de la rue de la Baronillière où il se consacre au montage méthodique des métiers à coudre. L'atelier ouvre au milieu de l'été 1830, juste après la délivrance du brevet d'invention par le ministère de l'Intérieur. En quelques mois, miracle de la multiplication, le tailleur devenu mécanicien a assemblé quatre-vingts répliques de sa machine. Elles se tiennent rigoureusement alignées en rangs serrés, dans le premier atelier mécanique de confection au monde.

La première commande est une affaire sérieuse. Elle vient de l'armée qui a besoin de milliers de pantalons garance pour les soldats depuis que le déchu et exilé Charles X a donné l'ordre d'abandonner le grimpant de couleur bleu roi. Une volonté justifiée par trois principes chancelants : les régiments vêtus de rouge vif seront plus visibles quand la poudre noire enfume le champ de bataille, la couleur impressionnera l'adversaire, il faut relancer la culture de la garance. De cette couleur, le XXe siècle et le suivant gardent surtout en mémoire les massacres qu'elle provoqua en 14, quand le pantalon transforma le soldat en cible immanquable du fait que la nouvelle poudre inventée par Paul Vieille ne produisait plus de fumée. Après cela, on est revenu au pantalon bleu dit horizon dont on se demande si l'aspect terne, lourd et triste qualifie le bleu ou l'horizon.

Pour travailler dans l'atelier bruyant et poussiéreux, la société Petit & Cie embauche des personnes que le handicap ou la pauvreté excluent du travail et qui acceptent sans contester d'être abusivement mal payées. Ce peut être des anciens soldats mutilés, des maçons accidentés, des femmes sans aucune expérience de couture…

Eux, pas plus que d'autres, n'ont jamais travaillé sur des machines. Ils sont parfois malhabiles, laissant échapper une vis mal fixée, déchirant une étoffe emmêlée autour du crochet, tachant un tissu en huilant le mécanisme. Barthélemy observe, veille, accompagne, répare. Il explique aux ouvriers dépassés par le métier capricieux pourquoi le fil craque ou bien comment régler la vitesse de la pédale. Après quoi les travailleurs reprennent la couture mécanique, tous ensemble, concentrés. Quelques secondes, ils forment un chœur qui vibre, claque, siffle puis, à nouveau, déraille. À force d'interventions, Barthélemy comprend que ce ne sont pas seulement les bras ouvriers qui manquent d'entraînement et de dextérité. Son métier doit encore être perfectionné. Il doit l'améliorer jusqu'à ce qu'il se confonde avec le corps de l'ouvrier. Pour une couture parfaite, ce dernier doit porter le métier au bout de son bras comme la bêche prolonge la main du paysan qui retourne la terre.

Quand je regarde ma mère coudre à la machine, je suis impressionnée. Elle a les deux pieds sur la large pédale rectangulaire qui active la minuscule roue crantée sur laquelle avance le tissu, qu'elle guide délicatement avec les paumes de la main posées de part et d'autre du pied-de-biche. La machine ronfle puis se tait lorsque ma mère arrête la couture en freinant avec la pédale. Elle enclenche le bouton du point arrière, appuie sur la pédale pour piquer. La machine lâche trois râlements. Puis elle effectue trois points avant. Trois râlements encore, qui résonnent dans la salle à manger. Elle relève le pied-de-biche en le poussant de son index pour dégager le tissu, le libère définitivement en tranchant les fils nacrés d'un coup de ciseaux, sûr et net. Elle se lève, présente le vêtement couleur pêche face à elle, ne relève aucune anomalie. Elle pose la robe contre elle, retient le col sous son menton collé à sa poitrine : les emmanchures et la taille sont parfaitement ajustées, la longueur tombe à mi-mollet, tout comme elle le souhaitait. Je suis émerveillée par les beaux vêtements qu'elle coud, à l'œil nu, sans mannequin, sans patron. Je l'admire de pouvoir utiliser cette machine. Il me semble qu'elle manie un dangereux engin de chantier, qu'il faut de l'habileté et probablement du courage pour le maîtriser et ne pas provoquer d'accident.

Après la fermeture de l'atelier, Barthélemy rentre chez lui, tête basse, souliers raclant les pavés, usé par de longues journées bruyantes, préoccupé par le délai des commandes, rongé par le risque de tout perdre. Il pensait avoir inventé une machine qui permettrait à chacun de confectionner ses propres habits et de se vêtir dignement et confortablement, il ne pense qu'à ce nouvel emploi de mécanicien-directeur qui ne lui rapporte pas autant que prévu, aux métiers fragiles, aux futurs brevets.

Dans sa chambre sous les toits de la rue des Moineaux, il rêve à un métier qui assurerait mécaniquement le déplacement de l'étoffe sous le crochet. Il esquisse discrètement ses idées sur des planches. Celles-ci, il ne les soumettra pas à Ferrand. Maintenant qu'il sait comment s'établit une demande de brevet, il se passera d'un homme qui a ravi le titre de co-inventeur.

Malgré les imperfections techniques du métier à coudre, en dépit de la fatigue et de l'inquiétude, alors que des tailleurs et des cordonniers rôdent, méfiants, près de l'atelier, le premier calendrier de commandes est tenu. Le matin du 25 janvier 1831, Barthélemy peut remettre plusieurs centaines de pantalons à l'armée. Il se prépare, satisfait, à accueillir l'intendant militaire qui le foudroie en découvrant les vêtements.

— Les prochaines commandes devront être plus précises et solides car les coutures des uniformes sont parfois lâches et risquent de se défaire.

— C'est que les tissus sont lourds et épais.

— C'est que nos soldats ont froid.

— C'est que les mécaniques sont parfois imprévisibles, bafouille Barthélemy. Elles ne tiennent pas toujours leurs promesses.

— Certains hommes non plus, conclut l'intendant avant d'ordonner à trois soldats qui l'accompagnent de se raidir et de charger les commandes.

À leur départ, Barthélemy révise les métiers en se concentrant sur la tension du fil afin d'obtenir une couture ferme et régulière. Il y travaille jusqu'au milieu de la nuit. Quand il rejoint sa chambre, il dort peu et mal. Il est agité par les remarques de l'intendant et il se soucie de Madeleine. Il lui a promis que son absence serait le moyen d'améliorer leur vie mais il ne lui a pas encore adressé le moindre sou car ici, à Paris, tout – le pain, l'huile, le bois, le vin, la farine… – est hors de prix.

Le lendemain, il soumet aux ouvriers les indispensables précautions à appliquer pour consolider la couture des uniformes. Peu à peu, le chant mécanique des métiers en action s'élève dans l'atelier. Barthélemy entend chaque désaccord. À l'oreille, il est capable de relever les imperfections des coutures. Mais que peut-il ? Un atelier silencieux est un atelier mort. Arrêter les métiers, c'est ne plus produire donc s'exposer à la misère. Alors il laisse les ouvriers au travail, que le rythme ronflant des métiers étourdit. Il espère que les prochains uniformes, s'ils ne sont pas irréprochables, seront au moins plus solides que ceux de la commande précédente.

Ils ne le sont pas, l'armée met un terme au contrat.

Paris ?

Ce que sont devenus Barthélemy et ses machines après l'échec de cette commande, on hésite. Jean-Marie Meyssin raconte dans une biographie écrite en 1872 destinée à rétablir sa mémoire et à aider Madeleine vivant dans la misère que l'atelier a été détruit par des artisans. Mais c'est chose connue qu'un inventeur pour être aimé de la nation doit d'abord avoir été haï.

Jacquard, par exemple, aurait été menacé et suspendu au-dessus du Rhône et l'un de ses métiers à tisser brûlé en place publique. La fable a circulé, après sa mort, à la fois pour célébrer l'industrie technique et condamner les artisans, ces briseurs de machines. Elle ne mentionne pas que les premiers métiers de l'inventeur étaient en réalité des camelotes qui produisaient un tissage médiocre donc ruinaient les canuts qui les louaient. Les métiers ont été cassés, pas brûlés, pas plus que l'inventeur ne fut poussé à la noyade.

Concernant Thimonnier, qui compte scandaleusement moins de statues et de rues que Jacquard, on doute que l'atelier de la rue de la Baronillière ait été détruit. Hormis quelques débris dont on ne peut prouver qu'ils proviennent d'une émeute et la trace d'une arrestation d'artisans relâchés quelques heures plus tard, rien, dans les archives, ne permet d'affirmer que l'atelier de la rue de la Baronillière a été ravagé et Barthélemy menacé. Il reste cependant tentant d'insérer cette péripétie dans la vie du tailleur et d'élever, sur ces débris, autre chose qu'une fable moralisatrice.

On travaille tard dans les échoppes parisiennes. On coupe et on coud à la main des costumes pour un salaire devenu misérable depuis les médiocres récoltes hivernales qui ont entraîné l'augmentation du prix des denrées. On mange moins. On se chauffe mal. On guette le chômage. On regarde d'un œil méfiant les employés qui travaillent dans l'atelier de confection. On ne l'a jamais vue – car le vitrage est trop sale et la porte métallique toujours tenue fermée – mais on sait que la machine permet de confectionner des milliers de vêtements militaires. Autant de commandes qu'on a retirées des mains des tailleurs, chuchote-t-on. Au détour d'une rue, à la sortie d'une boutique, autour d'un banc, on dit que tailler un vêtement, c'est un métier, un apprentissage manuel, un savoir-faire qu'on acquiert à la force et à la peine de ses bras qu'aucune mécanisation ne peut remplacer.

Peu à peu, les voix des cordonniers rejoignent celles des tailleurs. Ils se réunissent dans les échoppes, se donnent rendez-vous rue de la Baronillière. Ils y attendent les employés, les préviennent qu'ils ne se laisseront voler ni leur pain ni leurs bras, menacent de tout détruire, en chantant.

Un matin de février 1831, ils se rassemblent devant l'atelier. Les employés croient deviner des fourches, des marteaux, des pierres, des barres de fer, des haches, des scies, des drapeaux tricolores. Les tailleurs et les cordonniers poussent la porte métallique. D'un revers de main, ils font signe aux travailleurs de quitter les métiers. Ces derniers s'exécutent, laissant là les tissus cousus suspendus au crochet des mécaniques. Barthélemy est au fond de l'atelier. Une minute, il reste debout, statique, muet. Puis il recule jusqu'à la porte située à l'arrière de l'atelier et disparaît dans les rues parisiennes. Il marche si vite que le sang gonfle son visage. Quelques centaines de mètres plus loin, essoufflé, il ralentit, se met à tituber. Le souffle court, il se perd dans la ville comme un vagabond ivre. Dans une rue piétonne, il découvre des inscriptions aux formes irrégulières, marquées à la peinture. Il lit : *Riche ou Pauvre : même cerveLLe même gameLLe !*

Il imagine alors les tailleurs et les cordonniers frappant sur les quatre-vingts métiers pour les abattre comme on ferait tomber une cloison, tentant de leur couper les pieds à la scie ou à la hache, désossant les aiguilles et les crochets avec les marteaux et les pierres, plantant les fourches dans le mécanisme central et les achevant à l'aide de barres de fer. Puis il se rassure : ses bêtes mécaniques sont résistantes.

Sur les bords de Seine, tailleurs et cordonniers lèvent leurs mains chargées de petites pièces en cuivre et en plomb. Dans l'eau dont ils pensent qu'elle a une vertu régénératrice, comme si elle pouvait guérir une société malade de son industrialisation, ils jettent les débris impurs et les regardent couler lentement. Ils improvisent des chants funèbres qu'ils dédient aux mécaniques de malheur. Ils célèbrent la justice en s'embrassant ou en s'enroulant dans un drapeau tricolore quand des sifflets les alertent. Ils prennent le temps de se saluer avant de se disperser. La garde armée retient une dizaine d'entre eux. Ils ne se débattent pas ; ils chantent.

Des geôles où ils attendent le procès, leurs voix, inépuisables, électriques, rieuses, remontent, à contre-courant des mélodies idéologiques sur les vertus de l'industrialisation.

Depuis que la lumière de l'aube a pénétré par les fenêtres de la salle d'audience, les affaires d'escroquerie, vol, viol, tentative d'empoisonnement, sorcellerie, adultère, outrage, agression, se succèdent. Le juge fait avancer plaignants et accusés jusqu'au prétoire, écoute, bâillant parfois, dans sa robe qui colle à son ventre bombé et à ses hanches déformées.

À l'annonce de l'affaire des métiers à coudre, il doit

demander le calme car la salle est exiguë et mal insonorisée. Entre en premier l'avocat de la compagnie Germain Petit & Cie, suivi du fondateur de la société et de deux ouvriers convoqués comme témoins. Après eux, douze tailleurs et cordonniers marchent groupés derrière leur avocat. Le prétoire sépare les parties qui se tiennent face à face. Au pied de l'estrade depuis laquelle le juge surplombe la salle, une table semblable à un autel a été installée pour exposer quelques débris de métiers à coudre. Le juge réclame à nouveau le silence puis il distribue la parole selon le rituel judiciaire, que le greffier se prépare à reproduire mot à mot, courbé comme un arc sur son pupitre.

— En tant que procureur, l'honneur m'est fait d'ouvrir cette séance consacrée à un événement pour le moins étonnant survenu dans la journée du 10 février dernier. Des hommes, tailleurs et cordonniers de profession, se sont pressés, armés, vers l'atelier de confection mécanique Germain Petit & Cie, dirigé par M. Thimonnier. Les accusés ont brisé les métiers à coudre qui servaient à habiller notre armée, qui nous protège, faut-il le rappeler. Ils se sont ensuite dirigés vers les bords de Seine pour y lancer les débris en criant. À l'arrivée de la garde nationale, appelée suite au désordre et à la peur que ce comportement a suscités, les tailleurs et les cordonniers se sont dispersés. Nos gendarmes sont tout de même parvenus à reprendre treize malfaiteurs, qui comparaissent aujourd'hui.

Quelle autre peine que la prison pour condamner la violence et la débauche de ceux qui s'attaquent à la société industrielle, qui veut seulement améliorer les vies et enrichir les familles ? Monsieur le Juge, l'honneur vous revient d'y répondre après l'écoute des témoins et des plaidoiries.

— Je suis Germain Petit, l'un des principaux bailleurs qui ont fondé la société Germain Petit & Cie le 8 juin 1830 dans le but d'exploiter, tant en France qu'à l'étranger, l'invention faite par les sieurs Thimonnier et Ferrand d'un métier à coudre. Nous avions négocié une commande de près de cent mille uniformes pour l'armée et, suite au brevet obtenu en juillet, nous avions ouvert un atelier de confection mécanique, rue de la Baronillière, à Paris. Cette entreprise, Monsieur le Juge, nous a coûté près de quatre-vingt mille francs. Il a fallu acheter le local, payer pour disposer de l'invention de MM. Ferrand et Thimonnier, investir dans la fabrication des métiers pour se mettre au service de notre armée, satisfaire les investisseurs de Saint-Étienne. Et rémunérer le travail du mécanicien et celui des employés. Nous faisions travailler des hommes et des femmes que le chômage était en train de précipiter dans la misère. Ces métiers à coudre étaient leur pain. Ils n'ont plus rien, nous non plus. Les métiers ont tous été détruits, l'atelier a été ravagé, et brisé le rêve du progrès.

— Bastienne Leroux, ouvrière à l'atelier de la rue de la Baronillière. Je suis partie dès que les tailleurs et les cordonniers sont entrés. Ils ont dit qu'on risquait rien, que c'était pas à nos vies qu'ils s'en prendraient mais aux mécaniques. Parce que ça leur vole leur travail, Monsieur le Juge. Comme j'étais partie, j'ai pas vu quand ils ont cassé. Mon mari non plus, il a rien vu. Il a pas pu venir raconter, il s'excuse, Monsieur le Juge, parce qu'il a une jambe de bois qui le fait souffrir. Il a été écrasé quand il travaillait comme maçon. Il a pas perdu la vie mais c'est tout comme, vu qu'il a perdu son travail. Plus personne voulait de lui sur les chantiers. Alors quand ils ont proposé de travailler sur les mécaniques, même pour peu cher, sur des machines qui demandent d'avoir deux mains et un pied, exactement ce qu'il lui reste à mon mari, vous pensez bien qu'on a accepté. Puis, on a des enfants, Monsieur le Juge.

— Jérôme Fontaine, ouvrier sur les métiers à coudre. La Bastienne a raison, les tailleurs et les cordonniers, ils ont prévenu qu'ils nous feraient aucun mal, qu'il fallait partir si on voulait pas être blessés par les mécaniques qu'ils allaient casser. Mais ils étaient pas bien violents. Ils chantaient. Quand on chante, on peut pas être vraiment méchant, Monsieur le Juge. Aussi, on nous a pas payés pour les jours qu'on a passé à nettoyer l'atelier. Sûr que l'atelier était sale avant que les gars entrent avec leurs outils pour tabasser les mécaniques, mais enfin, quand même, trois jours de nettoyage, ça se paie. Vous croyez pas, Monsieur le Juge ? Si vous pouvez faire quelque chose, Monsieur le Juge. Ça sera gentil, Monsieur le Juge. Si vous faites qu'on est payés, Monsieur le Juge, on pensera bien à vous quand on mettra du pain dans notre soupe.

— Émile Francœur, tailleur à Paris, rue des Acacias. Enfin, je dis tailleur mais puis-je encore le prétendre quand notre travail a été confisqué par une invention immorale ? Oui, parfaitement immorale, Monsieur le Juge. Quel homme peut-on être pour prétendre remplacer notre art de tailleurs et de cordonniers par un métier à coudre des uniformes et même des souliers ? On nous vole et il faudrait rester sages, en se regardant s'enfoncer dans la pauvreté ? Vrai que nous sommes entrés dans l'atelier dans le but d'arrêter les mécaniques. Mais nous n'avons rien détruit, juste démonté quelques machines déjà branlantes. Nous n'avons menacé personne. Alors que nous, nous sommes menacés par le chômage depuis des mois. Notre action était une réaction, Monsieur le Juge. Une réaction de survie, je crois que ça ne se punit pas.

— Louis Boulier, tailleur à Paris, rue d'Enfer. Je me suis arrêté pour discuter avec le groupe qui se tenait pas loin de mon échoppe puis on m'a passé une bouteille. J'ai bu, beaucoup. J'étais tellement ivre, je les ai suivis mais je savais pas que c'était pour casser. Si j'avais pas bu tant de vin, j'aurais rien fait, Monsieur le Juge, vous pouvez me croire.

— Jean Bergeron, cordonnier à Paris, rue du Foin. À bas, à bas, à bas les mécaniques ! À bas, à bas, à bas les mécaniques ! J'ai rien à ajouter, Monsieur le Juge.

— Pierre Lebèque, tailleur à Paris, rue de la Savonnerie. On m'a arrêté alors que j'avais rien dans les mains, ni arme ni morceau de mécanique. Parce que je suis tailleur, que je passais par là à ce moment-là, on me soupçonne d'être un malfaiteur. Je vis comme je peux de mon travail, Monsieur le Juge. J'embête personne alors je comprends pas bien pourquoi on vient m'embêter aujourd'hui.

— Philippe Crevant, apprenti cordonnier à Paris, rue de l'Égout. C'est pas que je suis contre ce qu'on a fait. C'est pas que je suis pour non plus. C'est juste qu'il faut comprendre pourquoi il y a de la colère, Monsieur le Juge. Moi, je découvre le métier chez un cordonnier respectable. Il me paie pas grand-chose mais il m'apprend beaucoup. Avec le temps, je pensais avoir mon échoppe et des clients. Et avec mon métier, avec un travail bien fait, j'aurais gagné juste de quoi élever ma famille. Ma femme, elle a accouché il y a quelques semaines. On a une petite fille. C'est pour elles que je travaille, Monsieur le Juge. Vous imaginez si je perds tout avant même d'avoir commencé à travailler ?

— Adam Prévost. On dit aussi parfois Leprévost. Ça dépend. On a des cousins qui s'appellent Leprévost mais chez nous, on dit juste Prévost, on préfère, c'est plus simple. Je suis tailleur à Paris, rue de la Heaumerie. Moi, déjà, quand j'ai entendu parler de l'ouverture de cet atelier, j'étais en colère. Et quand j'ai commencé à entendre le bruit des bêtes, toute la journée, quand je voyais les ouvriers sûrs de trouver du travail dans l'atelier quand ils y entraient le matin, et certains d'en trouver le lendemain quand ils le quittaient le soir, ça m'énervait encore plus. Pendant ce temps, nous, on voyait rien venir, ni petite commande, ni gros client. Dans nos assiettes non plus, on voyait rien. Faudrait vraiment être mort pour pas se mettre en colère dans une situation pareille. Comme disait le grand-père Prévost : pas de misère, pas de colère. Faut écouter nos vieux, Monsieur le Juge, ils savent ce qu'ils disent, surtout ceux qui ont eu faim.

— Claude Lebon, cordonnier à Paris, rue des Fourreurs. Moi, je dis comme l'avocat il m'a dit de vous dire. Il m'a dit si vous avez rien fait, vous dites que vous avez rien fait. J'ai rien fait.

— André Michaud, tailleur à Paris, rue de la Verrerie. Moi aussi, l'avocat il m'a dit de dire si j'ai rien vu. Et j'ai rien vu, Monsieur le Juge, je vous jure que j'ai rien vu.

— Gabriel Pochon, tailleur à Paris, rue du Bourg-Tibourg. On m'a arrêté parce que j'avais un drapeau tricolore dans les mains. Je l'ai cousu moi-même ce drapeau. C'était pas pour me révolter. Je l'ai fabriqué parce que je crois à la justice. On n'a pas le droit de croire à notre drapeau, Monsieur le Juge ? Et puis, si on nous volait pas la couture des pantalons et des vestes pour l'armée, on aurait pas du temps pour coudre des drapeaux. Faut réfléchir dans le bon sens. On nous a privés de cent mille vêtements à fabriquer pour l'armée, et c'est nous les voleurs ? Pardon, Monsieur le Juge, mais je vous le dis comme je le pense : on marche sur la tête. Faut bien défendre les artisans, c'est pour ça que je chantais avec mon drapeau. Mais c'est interdit de chanter, maintenant ?

— Martin Fontaine, cordonnier à Paris, rue de la Limace. C'est vrai que je suis entré dans l'atelier. Mais c'était juste pour voir à quoi ressemblaient les métiers. J'ai rien touché. J'ai regardé, c'est tout. C'est vrai que j'ai continué jusque sur le pont en chantant avec les copains. Mais c'est tout. Après, ce que j'en pense de ces mécaniques, Monsieur le Juge, c'est que c'est pas normal que nous on paie des taxes alors que dans leur atelier, là-bas, ils en paient pas. Si on les taxait aussi, il y aurait un peu d'égalité entre leur travail mécanique et notre travail manuel. Puis, on pourrait partager les commandes. C'est ça la réalité, c'est qu'il y a pas d'égalité. Alors faut bien qu'on se défende.

— Denis Mercier, tailleur à Paris, rue Poupée. Faut comprendre qu'on déteste pas les mécaniques pour le plaisir. C'est que ça fait du mal à notre pays, Monsieur le Juge. Parce qu'il paraît que les métiers à coudre, ça fait pas des bonnes coutures. Du coup, on a l'air de quoi si nos soldats portent des uniformes de mauvaise qualité ? Je le dis tout net : on passe pour des nuls. Voilà pour quoi on passe. Et je continue : si le monde entier apprend qu'on habille mal notre armée, vous croyez qu'on va nous commander des vêtements en France ? Eh bien non. On dira, la France, ils sont pas compétents, ils ne savent pas couper des uniformes, ils ne savent pas coudre des costumes. On dira, la France, c'est des nuls. Ces foutues mécaniques, elles nous apportent juste une mauvaise réputation. Ça fait croire à tout le monde qu'on fait du mauvais travail alors que nous, les tailleurs et les cordonniers, on sait pourtant fabriquer des vêtements et des chaussures d'excellente qualité. Avec les mécaniques, c'est notre métier qu'on insulte dans le monde entier. On peut quand même pas laisser faire.

— Monsieur le Juge, puisque la parole m'est confiée, je veux commencer par rendre hommage aux inventeurs absents de ces débats, notamment à M. Thimonnier qui a dirigé l'atelier et a veillé au bon fonctionnement des métiers. Il faut revenir sur l'homme si l'on veut saisir et évaluer justement les conséquences de la destruction de l'atelier. Car ces tailleurs et ces cordonniers n'ont pas seulement ruiné la compagnie de mon client Germain Petit, ils ont brisé une invention, ils ont détruit l'idée d'une invention. Ils ont censuré le génie de l'homme. Et le génie, qu'est-ce ? Eh bien, c'est la liberté. Ils ont attaqué le principe de liberté, principe fondamental, inaliénable. C'est cela, me semble-t-il, qui doit d'abord être jugé si l'on veut rendre justice à l'inventeur ainsi qu'à ceux qui l'ont soutenu financièrement et ont travaillé sur ses métiers à coudre.

Il faut aussi rappeler que cette invention n'a jamais eu pour but d'entraîner la misère des artisans qui se sont déchaînés contre elle. Cet atelier visait, au contraire, à enrichir les classes sociales fragilisées par une actualité économique défavorable. D'abord en leur offrant un travail qui garantisse un salaire quotidien, aux hommes comme aux femmes. Ensuite en les délivrant de la fatigue du travail manuel. Enfin en leur permettant de se vêtir chaudement, élégamment, à bas prix – mais, pour cela, encore eût-il fallu qu'on lui laissât le temps de s'améliorer pour se mettre au service de la société tout entière, c'est-à-dire qu'on lui laissât le temps du succès.

En s'opposant au triomphe de cette mécanisation, ces artisans ont privé des familles de la possibilité de mieux vivre. Qu'ils aient frôlé les métiers ou qu'ils les aient abattus, qu'importe. Ne pas accepter cette découverte mécanique, c'est ralentir le progrès social, c'est mépriser le progrès technique, c'est causer du tort à des bienfaiteurs comme M. Petit ou M. Beaunier qui ont porté l'invention du génie Thimonnier pour que rayonne notre société. La justice ne condamne pas des bienfaiteurs, Monsieur le Juge, mais, de toute évidence, elle doit condamner ceux qui les haïssent et les maltraitent.

— Personne ne peut ignorer que la misère touche mes clients, parce qu'elle touche hélas tous nos artisans. Ils ont subi une baisse de leur revenu déjà maigre ainsi qu'une modification brutale de leurs conditions de travail. Il faut le dire ici : la mécanique, bien qu'elle n'ait pas encore prouvé ses qualités, a considérablement modifié les exigences des clients qui, ravis, pour ne pas dire hébétés par les rumeurs sensationnelles à propos de ces métiers à coudre, ont menacé de tourner le dos aux travailleurs manuels. Cela a éveillé des craintes qui sont à l'origine des débats organisés le soir dans les échoppes. Ces conversations ont fait naître une solidarité exceptionnelle. Est-ce cela, Monsieur le Juge, que l'on condamne aujourd'hui ? Est-ce un mouvement de solidarité entre artisans que vous jugerez ? Autant vous prévenir, cela reviendrait à juger la bonté de la nature humaine, car être solidaire n'est-ce pas être bon par nature ?

Nos artisans portent un savoir-faire que l'on nous reconnaît dans le monde entier. Que des mécaniques prétendent ignorer ce talent est déjà un orgueil, que la justice se fourvoie en prenant la défense de ces métiers à coudre serait une erreur grossière, une erreur amère, une fatale erreur judiciaire.

Mes clients ont agi pour le bien commun. Ils n'ont manifesté rien d'autre que le refus de l'indifférence et de la misère sociale programmées par une industrie aveuglée par l'idée du progrès. Il faut la surveiller, la réguler. Sans quoi quelques richissimes industriels regarderont bientôt mourir les employés qu'ils sous-payent autant que les artisans au chômage qu'ils délaissent. Ce n'est pas une menace, c'est une mise en garde. N'est-ce pas là le devoir de la justice de réfléchir pour protéger au lieu de condamner sans réfléchir ?

Sans un verdict juste, Monsieur le Juge, votre tribunal risque de croiser à nouveau des lanceurs de menus débris. Et je serai là une nouvelle fois pour les défendre. Car, entre ceux qui jettent une aiguille dans le fleuve pour lutter contre la misère et ceux qui exploitent gratuitement la force motrice de nos cours d'eau pour faire fonctionner leurs industries, je sais de quel côté de la rive se situe notre justice. J'espère, et mes clients avec moi, que vous le savez aussi, Monsieur le Juge.

— Pour clore cette audience, Monsieur le Juge, je reviendrai d'abord, comme l'a fait mon confrère défendant M. Petit et ses associés, sur ce courageux Thimonnier, admirable co-inventeur des métiers à coudre. Métiers qui ont été l'objet d'une destruction massive et impitoyable dans l'atelier de confection situé rue de la Baronillière. En témoignent les débris exposés sur cette table. À quoi ont-ils servi, ces débris ? À attaquer un homme qui a donné, sans compter, sans gémir, son temps et sa vie à la société tout entière. À persécuter un génie qui a dû fuir les menaces de ces artisans qui ont transformé son invention en arme. D'un côté, nous avons la sagesse d'un homme esseulé ; de l'autre, la violence de la foule ignorante. Qui souffre le plus, Monsieur le Juge ? L'inventeur solitaire, évidemment.

— Par pitié, Monsieur le Procureur, épargnez-nous le mythe de l'inventeur martyrisé.

— Maître Pouchet, votre tour de parole est passé, veuillez ne pas interrompre Monsieur le Procureur. Votre comportement n'est pas un exemple pour les clients déjà agités que vous défendez. Reprenez, Monsieur le Procureur.

— C'est l'inventeur solitaire, qui croit à la modernité technique, à l'élévation de la société par le progrès mécanique, à la richesse de tous qui se construit aux dépens du sacrifice personnel, c'est cet homme-là qui souffre, c'est cet homme qu'il faut défendre et, par là, la société de M. Petit qui l'a soutenu.

Notre société ne serait rien sans l'engagement d'un génie qui œuvre généreusement pour le bien commun. Ces artisans casseurs l'ignorent. Ils ne savent pas ce qu'ils ont fait. Mais la justice ne peut le leur pardonner. Tout juste peut-elle leur rappeler, c'est mon rôle ici en tant que procureur, que la mécanique n'est pas l'ennemie des tailleurs et des cordonniers. Elle est leur avenir. Elle est la promesse de leur confort et de leur bonheur. « S'opposer aux mécaniques, c'est s'opposer au meilleur ami du pauvre. » Je les invite à méditer cette phrase de lord Brougham. Je les invite à s'armer, non pas de violence, mais de sagesse et de confiance en celui qui travaille plus chaque jour que ces treize ignorants réunis.

Et ce n'est pas en les laissant retourner à leur échoppe qu'ils pourront le faire. C'est par un passage en prison qu'une réflexion sur les effets positifs du progrès industriel pourra naître dans leurs têtes creuses.

— Je vous remercie, Monsieur le Procureur. Pourrait-on entendre M. Thimonnier ?

— C'est impossible, Monsieur le Juge. Mon client ne l'a pas revu depuis que les artisans l'ont menacé. Traumatisé, il a quitté Paris sans que l'on sache où il se trouve exactement aujourd'hui.

— Faux, Monsieur le Juge. Aucun de mes clients n'a approché M. Thimonnier. S'il a quitté Paris, c'est parce que l'atelier a fermé et qu'il n'avait plus les moyens de vivre dans cette ville indécemment chère depuis que la société Petit & Cie a cessé le paiement de son salaire.

Roanne

Le système industriel décide ainsi du sort des hommes : un été, il peut faire d'un petit tailleur rhodanien un directeur d'atelier et, au début de l'automne, un mendiant. Barthélemy est ruiné quand le cocher le dépose à une centaine de kilomètres de Valbenoîte, où sa femme ne l'attend même pas, le croyant occupé à ses affaires parisiennes. À l'entrée de Roanne, après avoir voyagé cinq jours et quatre nuits, il s'assied au bord de la route pavée. Son visage aux traits un peu simiesques est affaissé par la fatigue et le chagrin. Par la pauvreté aussi, peut-être.

De sa valise, il sort des croquis. Les passants posent sur lui des regards méfiants – encore un charlatan, souffle une femme à son mari. Ou lui adressent un sourire retenu qui dit toute la pitié qu'il inspire – va-t'en donner cette pièce au pauvre homme, dit une mère à son garçon. Ventre vide et bouche sèche, il peine à s'exprimer mais pousse sa voix pour éveiller la curiosité plutôt que la charité. Il interpelle tous ceux qui le frôlent ou qui se tournent vers lui furtivement, qui hésitent à s'approcher ou qui surjouent l'ignorance de sa présence.

— Cette invention, mesdames, messieurs, est une révolution. Les mots de Barthélemy n'impressionnent ni ne retiennent personne.

Un homme s'approche de la veste posée sur la valise. Il demande : Je peux? Barthélemy comprend : jeter un œil. Il l'y autorise. L'homme la prend délicatement, la déplie, la détaille de ses yeux mi-clos. Il relève la qualité des coutures, caresse le tissu en velours, frotte l'envers en soie, constate la douceur et la solidité de la doublure. Il la pose comme une cape sur ses épaules. Il apprécie la rigueur et la délicatesse du tombé. Il en propose trois francs à Barthélemy, qui les refuse. Car c'est une pièce assemblée à la couture mécanique. Pour s'en justifier, il avance le croquis de son invention sous les yeux de l'acheteur, lequel répond avec un certain orgueil qu'il a bien pu se procurer ce dessin n'importe où, que les schémas peuvent représenter n'importe quoi car ils sont parfaitement incompréhensibles. L'acheteur lui en offre cinq francs, à prendre ou à laisser. Surtout que les manches sont un peu trop longues pour lui, il sera obligé d'appliquer un revers. Barthélemy, taiseux, accepte les pièces. Il regarde s'éloigner l'homme, raide comme un mannequin, habillé de la dernière veste qu'il a confectionnée dans l'atelier parisien.

Ma mère a terminé de coudre les robes de mes sœurs. De longues robes cousues dans un tissu doux, vaporeux et fluide. L'une est de couleur ivoire, l'autre vert clair. Mes sœurs descendent de leur chambre. Elles font les essayages dans la salle à manger. Ma mère dit qu'il lui faudra raccourcir les robes qui recouvrent leurs pieds. Elle leur demande de les retirer. Mes sœurs ne l'écoutent pas.

Sur l'air de La Isla bonita, *elles marchent l'une derrière l'autre, dos droit, menton relevé, attitude déhanchée. Au fond du couloir, elles s'imaginent au bout du podium, se tournent autour en remontant leurs robes qu'elles font flotter comme les danseuses de flamenco. Ma mère leur demande d'arrêter parce qu'elles vont les abîmer. Le tissu a coûté cher, la couture lui a pris du temps. Mes sœurs continuent de défiler, chantent « This is where I long to be ». Ma mère sourit, s'en va chercher l'appareil jetable pour prendre en photo ses filles qui s'amusent avec leurs corps d'adolescentes dans leurs robes trop longues.*

L'argent de la veste permet à Barthélemy de se relever et de rechercher un endroit où passer la nuit. Il descend la rue, s'engage ensuite sur un chemin caillouteux. Il avance péniblement, déséquilibré par sa valise. À mesure qu'il marche, il se voûte. Son dos le fait affreusement souffrir. Il finit par atteindre une bâtisse qui lui semble être une auberge. Comme l'indique le carton fixé par une pointe rouillée à l'entrée, Barthélemy secoue la clochette d'abord, ouvre la porte seulement ensuite. Il pose sa valise sur le tapis poussiéreux, redresse le dos, passe sa main dans ses cheveux bruns fins, plats, gras. Il s'exprime en des termes extrêmement polis, se présente comme un tailleur-mécanicien en voyage, à la recherche d'un gîte pour la nuit. L'aubergiste lui renvoie un sourire. Un sourire d'une politesse hypocrite qui ne dit pas mais fait comprendre qu'il le prend pour un clochard affabulateur. En échange des cinq francs, Barthélemy obtient un bouillon arrosé de vin aigre et une nuit sur une paillasse dans une alcôve située au dernier étage.

Tôt le lendemain matin, il reprend la route, le ventre creusé par le vin et la tête engourdie par le roucoulement incessant des pigeons qui nichent dans le grenier où il a à peine dormi. Il marche en direction de Valbenoîte. Chaque kilomètre avalé lui fait la démarche plus boiteuse. Il avance porté par un corps disloqué. Ses bras pendants et ses jambes arquées le font ressembler à un pantin désarticulé allant au hasard des chemins de la campagne vallonnée.

Heureusement Barthélemy se repère parfaitement dans la région. Il en connaît les bourgs et les hameaux, les forêts de sapins et les vertes prairies, les fermes et les ateliers. Il arpente les routes aveuglément, sans jamais hésiter sur la direction à suivre quand il arrive au croisement de voies poudreuses et identiques.

Dans moins de quatre jours, il atteindra le village, s'engagera dans la rue qui mène à sa modeste maison, en redoutant la joie contrariée avec laquelle Madeleine l'accueillera. Il sait qu'en son absence, il a perdu tous ses clients. Et ce ne sont pas les échos sur la destruction de l'atelier de la Baronillière qui lui permettront de les retrouver. Alors Madeleine et lui quitteront Valbenoîte.

Amplepuis

Rencontrer le notaire, c'est la première chose que fait Barthélemy en s'installant à Amplepuis. Il résilie le contrat qui le lie à la société Petit & Cie, réclame dix-sept mille six cents francs pour se retirer de l'affaire ainsi que mille cinq cents francs de frais de voyage, les obtient. L'argent file, fond, fane. Les Thimonnier sont fauchés.

Barthélemy reprend son travail de tailleur mais ici les clients sont devenus rares et, comme à Valbenoîte, ils négocient le coût du vêtement qu'ils trouvent trop ample, trop serré, pas assez résistant. Sa grand-mère, qui habite une rue voisine, partage avec lui l'argent de ses commandes de tricot mais cela ne suffit pas. La famille manque à peu près de tout.

Bien qu'elle ait quasiment perdu la vue, la vieille dame continue de tricoter. Des châles et des bas de laine, essentiellement. Des pièces simples qu'elle peut monter en comptant les mailles simplement au toucher. Quand Barthélemy la regarde assise sur sa chaise en paille, une aiguille dans chaque main, le fil de laine tendu et déroulé sur l'index, il ignore à quoi elle pense mais lui s'imagine à ce même âge et se demande s'il y aura quelqu'un pour s'occuper du vieillard fragile et immobile qu'il sera devenu, quelqu'un pour l'accompagner jusqu'à sa fin. Sa grand-mère lui chuchote qu'au lieu de penser à la mort, il faut se réjouir d'accueillir la vie.

Au rez-de-chaussée, les volets sont rabattus. À l'intérieur, les tissus foncés recouvrent les fenêtres. La porte d'entrée a été fermée à double tour, pour retenir la chaleur et empêcher les mauvais esprits d'entrer. Le feu rouge et or réchauffe la pièce. Les flammes éclairent le double matelas installé devant la cheminée. Au pied du lit, posés sur une toile cirée : des bandes et des linges propres, des bassines d'eau tiède, des seaux vides, du fil, des rubans, une pince. Dans le salon calfeutré, Madeleine marche autour de la table pour calmer les douleurs, détendre les muscles de son abdomen, fixer le rythme de sa respiration. Elle transpire dans son ample chemise blanche, piétine comme un fantôme encombré de son drap, perdu dans la nuit.

Lisette, accoucheuse et occasionnellement nourrice, lui fait signe de s'installer. Madeleine s'avance lentement vers le matelas, les mains appuyées sur ses reins, le visage pâle de fatigue. Elle s'allonge sur le côté, relève sa robe jusque sous ses seins. Le tissu en glissant sur son ventre énorme la fait grimacer tant sa peau est devenue sèche et rugueuse. Lisette pose ses mains sur les fesses de Madeleine, fait glisser son index jusqu'à l'anus qu'elle masse quelques minutes pour le dilater. Elle effectue ensuite un lavement afin de ne pas gêner la sortie de la tête. Puis elle l'aide à s'installer sur le dos, glisse un bassin sous ses fesses pour qu'elle urine. Elle lui retire sa chemise trempée de sueur, l'habille d'une nouvelle robe, qu'elle déroule délicatement jusqu'aux hanches. Elle relève lentement Madeleine afin que son dos repose contre la pile d'oreillers qui la maintient inclinée. Elle l'aide à fléchir les genoux puis elle remonte, l'un après l'autre, ses pieds écartés qu'elle appuie sur une barre fixée à l'extrémité du lit.

L'accoucheuse lui masse le ventre, pose des gants tièdes sur son abdomen tendu et douloureux, applique une pommade de concombre sur sa vulve sèche. Quand elle remarque la largeur de son bassin, elle dit : c'est bon signe, ça facilite le décollement de l'enfant et sa tombée au monde. Madeleine n'en sait rien. Elle est toute à son corps à la fois puissant et souffrant. Elle sent les eaux couler le long de ses cuisses, ses mollets qui se raidissent, ses mains moites qui glissent sur les draps auxquels elle s'agrippe. Ses mâchoires sont dures, fermées comme un étau qu'elle s'efforce de desserrer légèrement pour laisser s'échapper un râle aigu, profond, qui décomprime le cerveau.

Barthélemy est dans son atelier, installé à l'étage de la maison. On lui a interdit de descendre tant qu'on ne l'aura pas appelé. Accoudé à l'établi, il entend

Madeleine qui gémit. Il pense comme son siècle que la douleur est soit l'expression du démon soit une forme de rédemption. Il ne saurait trancher. Il se rappelle avoir entendu que l'expérience de la douleur est toujours utile pour évacuer ce que le corps renferme, cache, n'ose exprimer. Il piétine, vient s'asseoir sur un tabouret face au métier à coudre, fixe une goutte d'huile suspendue au crochet métallique. Entendant Madeleine en souffrance, il se revoit en nage montant péniblement son premier métier à coudre trois ans plus tôt. Inventer : synonyme figuré du verbe accoucher.

Lisette répète à Madeleine de travailler dans les intervalles de douleur. Tout ira bien, peut-être même très vite car le col s'est ouvert entièrement. Dans les intervalles, Madeleine. La tête est prête à franchir la vulve. Attention : dans l'intervalle. Les épaules molles apparaissent. Le siège du fœtus s'expulse spontanément. L'accoucheuse félicite la mère. La rassure : dans l'intervalle, la nature fait bien son travail. C'est la femme qui souffre mais c'est la nature qui travaille – une certaine conception de la répartition des tâches.

Madeleine a le souffle fort et saccadé. Elle gémit. Elle n'entend pas Lisette dire qu'elle a parlé trop vite. Dans l'intervalle, elle va devoir atteindre l'utérus pour pousser les pieds du fœtus vers l'extérieur. Quand Madeleine sent la main de l'accoucheuse la pénétrer, elle pense s'évanouir. Elle hurle. De douleur. Et croit mourir.

Elle est un corps porté au bûcher, posé sur un lit de

clous, traversé par une lame de sabre qui pénètre son utérus et ressort par sa bouche si bien qu'elle ne peut plus exprimer aucun cri, aucun bruit. Son corps est en train de s'éteindre, son âme suivra dans quelques instants. Un souffle nouveau brusquement la parcourt. Son corps tout entier se gonfle d'un air qui lui redonne vie – celle d'après la mort, peut-être, songe-t-elle. Ses membres se relâchent, s'allongent, prennent racine dans une terre humide et fraîche. Ses cheveux fins ondulent et s'épaississent, se nouent pour former une tresse verdoyante. Ses mains s'étendent jusqu'à devenir de longues branches frisées au bout desquelles des bourgeons fleurissent. Un oiseau au plumage velouté se pose sur son bras à l'écorce dorée. Sur son épaule il se dresse et murmure un chant au creux de son oreille.

L'enfant crie. L'accoucheuse coupe le cordon. Puis Lisette appelle Barthélemy, qui descend l'escalier grinçant, une chemise propre à la main. Elle lui demande de l'aider à appliquer la ligature du cordon avec un ruban cousu de gros fil, à laver l'enfant de la matière cérumineuse et du sang, à l'essuyer avec des linges secs. Elle s'occupe seule de glisser le cordon dans une compresse puis elle emmaillote l'enfant dans la chemise du père et le lui confie.

Barthélemy fixe ébahi son ventre rebondi, caresse ses mains minuscules encore repliées, rapproche son oreille de sa fine bouche pour écouter sa respiration aérienne et s'émeut que de si petits poumons soient en capacité de produire un souffle si profond. Il l'embrasse en l'effleurant, de peur de l'étouffer s'il se colle trop près de lui. Comme il en a convenu avec Madeleine, il le prénomme Étienne.

Lisette étend une serviette sur le corps tremblant de Madeleine. Elle attend que le placenta termine de s'écouler puis elle lave la mère et la déplace sur un lit à roulettes qu'elle installe dans la seconde pièce du rez-de-chaussée, plus calme et aérée. Après les frissons et les cris, le pouls lentement revient à sa fréquence naturelle, la circulation du sang ravive les membres, la peau s'assouplit, le corps se détend. Madeleine s'endort.

Plusieurs mois après la naissance d'Étienne, le 8 février 1832, Barthélemy est toujours à ses côtés. Il le regarde dormir, sourire, pleurer, gigoter, tousser, tendre les bras, fléchir les genoux, pédaler dans le vide, ramper dans son lit. Barthélemy partage son temps entre son fils dont il prend soin toute la journée et son métier à coudre qu'il perfectionne, seul, la nuit, dans son atelier. Quant à Madeleine, elle brode le jour pour le compte d'une entreprise rhodanienne et elle se lève pour les cauchemars et les faims nocturnes d'Étienne.

Ses mains, ses pieds, ses yeux, tout son corps est absorbé par les mouvements de la machine et, pourtant, ma mère n'est jamais occupée qu'à coudre. Elle coud pendant que repose la pâte à beignets qu'elle a pétrie à la main. Elle coud en même temps qu'elle pense à ce qu'il manque pour le dîner. Elle coud et elle demande à ma sœur si sa journée d'école s'est bien passée. Elle coud et elle dit que notre goûter est sur la table, qu'on ne sort pas jouer tant que les devoirs ne sont pas faits. Elle coud en attendant que le lave-linge ait terminé son cycle – délicat quand il y a dans le tambour des vêtements cousus à la machine. Elle coud et elle renoue notre tresse, essuie une trace de chocolat au coin de nos lèvres, resserre les lacets de nos baskets.

La couture mécanique n'est jamais une action isolée. C'est une action quotidienne parmi d'autres, qui s'insère entre deux tâches, c'est un travail qui s'inscrit dans le continuum d'une longue journée domestique. La machine ne dégage jamais du temps pour soi, pour ne rien faire. Elle ne donne du temps que pour d'autres activités. Il me semble que ma mère, grâce à sa maîtrise de la machine, parvient parfois à échapper à ce temps volé : je l'ai déjà vue en train de coudre et de rêver.

Quand Étienne parvient à avancer à quatre pattes puis à se mettre debout, Barthélemy réussit à régler un point d'arrêt à intervalles réguliers qui évite le défilage du point de chaînette.

Quand Étienne sait marcher seul en tirant son jouet

en bois à roulettes, Barthélemy invente un point arrière qui assure une couture continue sur les deux côtés du tissu.

Quand Étienne maîtrise le gribouillage, Barthélemy pense partir à Paris, chercher des associés qui financeront son nouveau métier à coudre.

Quand Barthélemy passe le seuil de la porte et se retourne pour dire au revoir, Étienne est dans les bras de Madeleine. L'enfant ne parle pas encore alors il ouvre sa main et l'agite pour saluer son père.

Lyon

Le ciel est gris argile et la nuit, comme un drap, recouvre la ville. Il est presque 18 heures lorsque Barthélemy en aperçoit les abords. Il longe la rive droite de la Saône puis rejoint les Terreaux, sur la presqu'île. En bas des pentes, il circule dans les rues calmes du quartier des Capucins, où s'élèvent les bâtisses de négociants de tissus : murs en pierre de taille, façades ornées de corniches ou de pilastres cannelés, porches monumentaux décorés de frises animalières, portes encadrées de moulures. Les commerces et les hôtels sont rares; les négociants ne sont pas bons clients. Alors Barthélemy s'engage dans une ruelle, tenant ferme l'anse de son bagage qui renferme plus de croquis et d'outils que de vêtements. Il s'avance sous un porche surmonté d'un écoinçon représentant un dragon à la gueule enflammée. Passant ce bestiaire, il a dépassé le mal.

Il descend un escalier étroit et abrupt puis il s'enfonce dans un passage couvert et obscur. Il est pris d'une nausée. L'odeur est un mélange d'urine, de vin et de pétrole. Entre les détritus qui jonchent les pavés usés et les toiles d'araignée suspendues aux murs, Barthelémy marche, tête baissée, concentré, discret comme un clandestin.

Derrière un grillage en fer noir, des chefs d'atelier attendent leurs commandes de tissage. Ils sont une quarantaine assis sur des bancs boiteux. L'un se lève et crie qu'il est là depuis plus de deux heures, que si on ne le paie pas au tarif qu'il demande, il détruira le métier à tisser qu'il entretient à ses frais. Son malheur résonne dans la traboule, cogne contre la voûte marquée des mains des tailleurs de pierre qui l'ont bâtie. Barthélemy se colle aux parois poussiéreuses pour ne pas être assommé par les longs rouleaux de velours et de soie que les canuts portent sur leur dos courbé. À la sortie de la traboule, un courant d'air fait osciller ses cheveux bruns.

Il remonte la Grand'Côte. Sur la colline de la Croix-Rousse, dans les logements hauts de quatre mètres, les travailleurs activent les métiers à tisser derrière des fenêtres en papier huilé. Barthélemy aborde un jeune homme vêtu d'un bonnet grec et de vieux souliers, lui demande s'il peut trouver une auberge ici. Le gars indique un hôtel bon marché. Barthélemy s'y présente comme un tailleur en voyage qui a besoin d'une nuit de repos. Tant qu'il n'a pas atteint Paris, il préfère cacher qu'il est un inventeur pour éviter les questions, les moqueries, les menaces. Il s'installe au premier étage, dans une pièce étroite faiblement éclairée. Vers 19 heures, il descend partager une partie de bourre avec d'autres voyageurs. À 20, il commande un bol de fromage blanc cuisiné avec de l'ail, du beurre et des petits oignons.

Dans l'arrière-salle du restaurant, des hommes achèvent de monter un petit théâtre de bois. Leurs voix s'échauffent pendant que canuts, ourdisseuses, teinturiers, jeunes compagnons et enfants s'installent à même le sol. Barthélemy s'asseoit au fond de la salle, pour reposer son dos douloureux contre le mur.

Les rideaux rouges du castelet s'ouvrent. Le monde qui apparaît n'est pas très différent de celui dans lequel Barthélemy cherche sa place, son rôle.

Dans le fond, peint sur une étoffe, un village fleuri traversé par un chemin sinueux. Au premier plan, deux panneaux de bois figurent des habitations. Côté jardin, la petite maison de Guignol fait face à celle, plus grande, de Gripardin.

— Madelon ! Madelon ! *appelle Guignol d'une voix enjouée en marchant sur place. Sa femme, coiffée d'un bonnet blanc en dentelle, sort et demande ce qui lui arrive pour crier si fort. Guignol, droit dans sa redingote marron, annonce qu'on lui a confié le pont à construire au-dessus du ruisseau, qu'il y a là cinq mille francs à gagner. Madelon ouvre ses bras et l'embrasse. Guignol lève une main pour la prévenir que tout n'est pas encore gagné : il faut déposer une caution de deux mille francs.* — Où que tu veux qu'on le trouve cet argent ? *demande-t-elle d'une voix claire en baissant la tête.* — Chez le cousin Pierre ? *suggère Guignol.* — Il est pas plus riche que nous. — Chez le voisin Gripardin ? — Pfff, il est ben trop pingre ! Et il ne prête qu'à gros intérêts. — Essayons quand même, ma Madelon. — Il prêtera jamais à des petites gens comme nous. — Pourquoi pas ? Il nous dit bien bonjour chaque matin. — Parce qu'il est bon qu'à donner des coups de chapeau. — On devrait tout de même essayer. Rentrons et parlons-en en mangeant. *Ils disparaissent.*

Vêtu d'un manteau noir à deux boutons, Gripardin surgit côté cour. Il marmonne qu'il ne supporte pas les mauvais payeurs à qui il loue ses terrains. — On perd un jour, deux jours, trois jours d'intérêts et à la fin de l'année, ça en fait de l'argent perdu, *dit-il d'un ton grave, en basculant la tête de gauche à droite.*

Voix de Thibaut. Gripardin se réjouit que ces deux mille francs s'approchent enfin. Thibaut soudain apparaît. Cheveux hirsutes et yeux gros, il n'a pas le temps de le saluer que Gripardin a déjà mis la main sur le sac. — Merci, Thibaut, merci ! Et sinon, les récoltes, ça va ? — Oh non, tout va de travers, *répond Thibaut d'une voix calme.* — Mais tu as eu du blé ? — Presque rien, à cause du gel. — Du vin, tu en as eu ? — Non plus, la grêle a tout ravagé. — Oh, tu es toujours à te plaindre. — Ce n'est pas ma faute si rien ne va dans le ciel depuis le printemps. — C'est dommage parce que ton bail arrive à sa fin et je veux l'augmenter de cinq cents francs.

— Comment? Combien? Mais je ne peux pas payer, monsieur Gripardin. — Enfin, un effort, Thibaut. Il le faut. — Soyez raisonnable, monsieur Gripardin, je n'ai rien et, vous, vous êtes déjà riche. — Moi, riche! Veux-tu bien te taire! Je suis plus pauvre que toi! — C'est que je venais justement vous demander de diminuer le loyer car la terre ne rend rien. — Écoute, je te propose un loyer augmenté de cinq cents francs mais auquel j'ajoute le pré de la Cailloutière. — J'en veux pas de ce pré, y a rien que des pierres. On y mettrait tout le fumier du village qu'on y ferait même pas pousser des ronces. — Réfléchis avant que je donne l'affaire à un autre fermier. — Personne d'autre n'en voudra de ce champ. — Réfléchis, Thibaut, et reviens demain dîner. Nous signerons à ce moment-là. — Je reviendrai demain mais je signerai point. *Gripardin le salue, sa main rigide se lève. Il retourne chez lui en marmonnant qu'il fera tant boire Thibaut que le pauvre homme, ivre, finira par signer.*

Guignol entre côté jardin. Il s'avance vers la maison de Gripardin. Il l'appelle, deux fois, cinq fois, dix fois. Gripardin ne répond pas. Guignol demande aux spectateurs de l'aider. — Gri-par-din! Gri-par-din! *Il ne répond toujours pas.* — Au feu! Au feu! *s'écrie Guignol, rejoint par Madelon. Et Gripardin surgit, affolé, bras en l'air.*

Le couple s'excuse : il n'avait pas d'autre moyen de le faire sortir. Guignol demande si le propriétaire serait d'accord pour leur prêter deux mille francs afin d'obtenir le chantier du petit pont au-dessus du ruisseau.

— Je n’ai pas d’argent, pas même de quoi finir le mois, *réplique Gripardin, agitant la tête.* — On vous paiera des intérêts, *promet Guignol.* — Pour emprunter avec intérêts, il faudra attendre l’achat du pré de la Cailloutière, peut-être le mois prochain. — C’est maintenant que nous en avons besoin. — Alors il fallait prévoir et économiser. — Nous mettons bien un petit quelque chose de côté de temps en temps mais ce n’est pas suffisant. — C’est parce qu’il faut tout mettre de côté et tout le temps. — C’est qu’il faut bien vivre, mon cher voisin. — Il faut savoir vivre de peu et épargner beaucoup. — Alors vous ne pouvez pas nous aider ? — Je peux vous donner des conseils chaque fois que vous en aurez besoin mais, de l’argent, je n’en ai point. *Gripardin rentre chez lui.*

Guignol et Madelon restent devant la porte, se regardent fixement. Guignol pose une main sur l’épaule de Madelon : — Te chagrine pas, on va en trouver une de solution. *Ils rentrent chez eux.*

Le castelet est plongé dans le noir, la nuit tombe sur le village. Seul un lampion éclaire la maison de Gripardin. Un silence. Puis un claquement de porte. Le propriétaire apparaît et se penche vers le public. — Je ne vais pas prêter deux mille francs à des gens dont la maison vaut à peine neuf cents francs. De toute façon, je ne prête pas aux voisins. C’est à la ville qu’il faut prêter, à des gens loin d’ici, de moi, à qui je peux faire appliquer des intérêts sans qu’ils viennent me trouver pour négocier, comme ce Thibaut. Je vais déposer ce sac dans le jardin, sous le pot de fleurs fanées. Le garder chez moi est un trop grand risque. *Gripardin rentre chez lui, sous les huées des spectateurs.*

Le lampion au-dessus de sa maison s'éteint. Un autre, au centre du castelet, s'allume, éclairant le chemin du village.

Un saltimbanque surgit, face au public. Il fixe le pot de fleurs fanées. Les spectateurs rient. Il leur recommande de rester discrets, ils pourraient réveiller cet avare de Gripardin. Il souffle qu'il est là pour déplacer le sac de pièces, qu'il viendra reprendre demain. Il récupère le sac, s'agite sans trouver un lieu sûr pour le camoufler. Les spectateurs lui indiquent une cachette, oui, là, sous le buisson qui borde la maison de Guignol. Le saltimbanque le dépose à l'endroit indiqué puis disparaît en même temps que le noir se fait dans le castelet.

Une voix siffle comme un oiseau au lever du jour. Elle se tait lorsque le lampion central s'allume.

Guignol et Madelon apparaissent, contournant le panneau de bois qui figure leur maison. Madelon trébuche en passant derrière le buisson. Guignol, en l'aidant à se relever, découvre le sac. — C'est la bourse de Gripardin ! *s'exclame Madelon.* — Pas si fort ! Comment le sais-tu d'abord ? — C'est le même que celui de Thibaut, le même exactement qu'il a apporté au vieux hier. — Il faut le rendre.

Ils vont frapper chez Gripardin. Une voix chantante fait Toc, toc, toc ! Le propriétaire sort, panique en constatant la disparition du sac sous le pot de fleurs fanées. — Mon voisin ? Vous êtes mon voleur, mon escroc ! *dit-il à Guignol quand il le voit avec la bourse au bout de la main.* — Non pas, m'sieur. On a trouvé le sac à l'instant sous notre buisson, nous venons vous le rendre. M'est avis que des voleurs rôdent près de chez vous quand vous dormez. — On sait donc que je suis riche ? — Tout le monde dans le coin le sait, mon vieux. — Alors si je garde mon argent chez moi, on viendra me le voler encore, peut-être même qu'on me tuera pour ça. — Peut-être bien. — Dites, si vous avez besoin d'argent, je propose de garder celui-là. Vous en aurez plus besoin que moi pour votre entreprise. On s'entendra plus tard sur les intérêts. — Vous êtes bien aimable, Gripardin. Merci, cher voisin. — Et venez donc dîner ce soir. Il y aura Thibaut. Nous trinquerons tous ensemble. — Avec plaisir, m'sieur.

Gripardin rentre chez lui à reculons. Guignol et Madelon s'approchent de leur maison avec le sac. La salle souffle qu'ils ne doivent pas se rendre chez Gripardin, qui s'apprête à arnaquer Thibaut. Guignol et Madelon, têtes vacillant d'insouciance, disparaissent.

Ils reviennent, collés l'un à l'autre. Ils font une révérence. Le public applaudit. Au fond, Gripardin apparaît. Il est hué. Thibaut survient. Il est applaudi. Il secoue la tête avant de repérer Gripardin et de le poursuivre avec un bâton. On l'encourage.

Les rideaux glissent sur la tringle du castelet. Il n'y aura pas de dîner chez Gripardin. Chacun rentre chez soi pour reprendre le travail et achever, à la lueur des lampes à pétrole, l'ouvrage encore sur le métier.

Le lendemain matin, un peu avant 8 heures, l'aubergiste tire le lourd rideau de velours qui flotte sur la porte d'entrée. Une lumière pâle éclaire la salle. Barthélemy est installé à la même table que la veille. Il a peu dormi à cause du claquement des métiers qui s'éteignent tard dans la nuit et reprennent à l'aube. Un homme assis à la table voisine propose une partie de cartes. Barthélemy décline, il doit quitter Lyon ce matin pour se rendre à Paris. L'homme demande pour quoi faire, Barthélemy répond pour affaires – la réponse lui échappe, comme si l'identité de l'inventeur chassait celle du tailleur, naturellement. L'autre ne le questionne pas davantage, il caresse sa barbe d'où tombent des miettes de pain sec puis il rit.

T'y trouveras rien à Paris, dit-il. Tout le monde crève partout ces temps-ci. T'as pas remarqué? Tout le monde se renucle en attendant que ça explose. On travaille le jour, on travaille la nuit, mais on ne gagne même pas de quoi survivre. On n'est pas des pantins, on va pas attendre qu'ils fassent de nous des misérables. Déjà qu'on est pauvres. On va se défendre : on va voter l'arrestation des métiers demain. L'homme porte la tasse à ses lèvres et marmonne : t'y trouveras rien à la gare, t'y trouveras rien.

Barthélemy descend la montée de la Grand'Côte pour rejoindre la gare. Il a le pas un peu gourd, chargé de son bagage alourdi par un bidon d'eau. Au deuxième étage d'un immeuble à la façade orangée, dans l'ouverture des hautes fenêtres qui forme comme un cadre de castelet, il aperçoit un corps grêle, voûté, devant un gigantesque métier à tisser. Sur sa chemise débraillée, le canut porte des lisières de drap pour bretelles. Il tient un polissoir dans sa main droite. Ses gestes sont précis, réguliers, continus, comme ceux d'un automate. Aut-homme-ate. À mesure que les coups de trame se succèdent, il brosse le tissu qui s'enroule automatiquement à l'avant du métier. Autour de la mécanique tentaculaire traînent deux chaises bancales et dépaillées. Sur la table en noyer, les verres sont vides. Dans le creux des assiettes restent des stries apparues quand le canut en a essuyé le fond avec la mie de pain rassie. Des traces qui disent la faim jamais comblée.

Au pied de la montée de la Grand'Côte, le bistanclaque des métiers de la colline s'assourdit tandis que s'élèvent des voix de travailleurs. Devant une porte en chêne, sous le heurtoir en forme de gueule de lion ouverte, Barthélemy découvre un homme debout sur un caisson de bois. Il lit un extrait de journal. Il parle fort, distinctement,

Le peuple souffre parce qu'il ne gouverne pas, il faut que le peuple se mêle de politique, qu'il s'en mêle beaucoup, c'est le moyen d'avoir des rentes, c'est le moyen de doubler sa récolte.

Autour de lui, les canuts applaudissent. Vêtu d'un pantalon usé et d'un bonnet grec, un homme brandit son poing fermé, qu'il compare à son estomac vide, vidé par le travail sur le métier qu'il exerce dix-huit heures par jour et ne lui rapporte pourtant pas assez pour vivre. Le crieur l'entend et, en soutien, ouvre un autre journal. Il choisit un extrait qu'il lit plus fort encore que le précédent,

Le travailleur qui souffre et qui a faim n'a guère le temps d'attendre la réponse d'un ministre qui dîne ordinairement toujours bien.

Les canuts, poing levé vers le ciel, s'exclament qu'ils veulent vivre en travaillant. Et ces trois mots gravissent la montée de la Grand'Côte, se déposent dans le creux des oreilles bourdonnantes des travailleurs à l'ouvrage. Ils savent que leur dos déformé, leur ventre creusé, leurs mains dures et épaisses, leurs yeux boursouflés ont un prix, que c'est à eux seuls qu'il revient de le fixer.

La scène trouble Barthélemy. En abandonnant le métier de tailleur pour celui d'inventeur, il a changé de rôle. Il ne fait plus partie des artisans et ne peut pas rejoindre les ouvriers. Il n'appartient plus à aucun camp. L'inventeur se tient sur une ligne, celle qui sépare les travailleurs des patrons industriels. Et sa position n'est pas très confortable.

Dans la rue Saint-Marcel, des canuts écoutent, sérieux et inquiets, l'un d'eux raconter,

Je n'ai pas gagné le quart de mon salaire prévu parce qu'un fabricant m'a accusé de ne pas avoir rendu mon ouvrage dans les délais. Alors que le métier qu'on m'avait donné était en mauvais état !

Un autre rapporte,

Je n'ai pas trouvé de travail pendant plus de cinq jours parce que le fabricant qui m'avait promis un métier n'est jamais venu me le déposer. Alors j'ai accepté la mécanique d'un second fabricant et le premier, vexé, me fait passer pour un travailleur paresseux et immoral. Depuis, je ne trouve plus nulle part d'ouvrage à confectionner.

Un troisième dénonce,

Les ouvriers sont exploités par les fabricants, abusés par les politiques. Il faut que soit écrit quelque part : le peuple a le droit de travailler et de vivre.

Sur sa ligne, Barthélemy les regarde. Il est Guignol, mari de Madeleine-Madelon, à la recherche d'un Gripardin qui financera son métier à coudre. Ils sont des Thibaut en colère contre des Gripardin puissants et invisibles. Barthélemy contourne la scène et poursuit son chemin. Passé la rue Lanterne, il hésite entre deux directions. Il emprunte finalement la rue Saint-Pierre. En bas d'un escalier, un canut au pantalon usé interpelle des travailleurs,

Plus vous êtes isolés, plus vous subissez les conditions des fabricants. Notre solidarité garantit notre indépendance, c'est un rempart contre la misère.

Un ouvrier l'interrompt,

Tu parles ! Les bottiers se sont associés pour faire augmenter leur salaire et quand les marchands l'ont appris, ils ont augmenté le prix des souliers. Ce qu'on gagnera nous sera toujours immédiatement repris.

Le premier répond,

Alors il faut dénoncer les commerçants qui abusent du travail de nos amis cordonniers. Il faut dénoncer cette spéculation indigne.

L'autre répète,

Tu parles! Aux yeux des fabricants, on n'est jamais que des canuts sans cervelle, bons à pousser des navettes de droite à gauche et de gauche à droite. On obtiendrait du pain qu'ils s'arrangeraient pour nous priver d'eau.

Pas si nous sommes unis en association. Pas si, ensemble, nous exigeons un salaire juste, un travail qui nous fasse vivre au lieu qu'il nous mène tout droit à l'hôpital pour y mourir, mourir d'avoir trop travaillé et mal vécu.

Barthélemy, sur sa ligne, tremble. Il voudrait être l'inventeur qui, grâce à sa mécanique, allège la dureté du travail. Il est en réalité celui qui fournit à l'industrie le moyen d'imposer des salaires honteusement bas. Il renonce à rejoindre la gare. Si la grève se prépare ici, c'est qu'elle s'engage certainement à Paris aussi.

Il marche en direction de la place des Jacobins pour y trouver un cocher qui irait à Amplepuis. Il entre dans un café pour se renseigner. Un jeune homme au visage déjà usé le bouscule en passant la porte. Il s'écrie,

Ce qui vient de se passer dans le quartier de la Guillotière est le symbole d'une injustice qui doit révolter tous les ouvriers, tous les hommes, toutes les femmes du peuple. C'est un spectacle d'horreur, une provocation odieuse du politique. J'ai vu des citoyens être frappés comme des bêtes par des gardes armés de baïonnettes. Au sol, un homme est tombé. Ils se sont acharnés sur lui alors qu'il restait immobile. Des enfants aux mains de leurs mères ont été repoussés avec une violence froide. L'une d'elles, qui voulait relever sa sœur à terre, a été tirée par les cheveux. J'ai rejoint des hommes qui suppliaient des officiers d'intervenir pour faire cesser le massacre, ceux-là ont répondu qu'aucun ordre ne leur était donné dans ce sens.

On rejoue Guignol depuis deux siècles parce que le théâtre, fût-il de marionnettes, et la rue sont des formes de vie à la fois parallèles et dépendantes.

Les clients du café sont émus, presque paralysés. Ils n'osent pas même porter leur verre à leurs lèvres ou poser au centre de la table leur carte d'as qu'ils tiennent entre deux doigts. Un élan commun les pousse à s'acquitter de leur note et à se disperser pour rapporter, partout, ce qu'ils ont entendu.

De la rue Saint-Pierre au sommet de la Grand'Côte, l'histoire de cette violence ébranle les derniers ouvriers qui doutaient encore que la grève puisse être une promesse de travailler pour vivre mieux et heureux et dignes.

Le 14 février 1834, les marionnettes décident d'extraire de la gaine la main qui les manipule. Sur la colline travailleuse de la Croix-Rousse, il est midi quand l'arrêt des métiers à tisser est voté.

Pendant que les canuts se rassemblent pour poser

leurs calculs, établir leurs tarifs, définir leur droit à vivre en travaillant, Barthélemy se tient toujours sur la place des Jacobins où il n'y a ni cochers ni voitures. Il passe son bagage en bandoulière et décide d'aller voir du côté des Brotteaux pour trouver une calèche.

Amplepuis

La voiture a laissé des traces sur les routes sèches. Derrière elle la poussière flotte encore comme un nuage fumeux avant de se disperser dans les champs silencieux. Le cocher a déposé les passagers au nord de Tarare, après le col des Sauvages. Barthélemy a les yeux cernés et les jambes molles mais il marche avec hâte.

Lorsqu'il entend l'eau pétiller en roulant sur les galets, il reconnaît le clapotis si particulier du Rançonnet qui traverse le village. Il rejoint le ruisseau. Il s'accroupit sur la rive, se penche en évitant le reflet de son visage qui se dessine à la surface de l'eau et se rafraîchit, les yeux fermés. Il se relève rapidement, de peur de s'écraser de fatigue sur l'herbe courte et humide. Il reprend sa valise et se dirige vers la grande rue qui monte jusque chez lui.

Devant la porte, il pose sa valise, en tire une marionnette dans laquelle il glisse son avant-bras droit mais, avec son index et son majeur tranchés, la manipulation n'est pas aisée. Il change de main, enfonce l'index gauche dans la tête de la marionnette, le pouce dans le bras droit, les trois autres doigts dans le bras gauche. Il dissimule son visage derrière l'homme à la tête de bois et frappe à la porte. Il entend les souliers de Madeleine claquer sur le sol.

Elle ouvre.

Étienne, dans ses bras, se cache dans son cou quand il découvre la marionnette. C'est Monsieur Persil, dit Barthélemy. En même temps qu'Étienne dégage lentement sa tête pour regarder Monsieur Persil, Barthélemy décale le personnage afin de se laisser découvrir et quand Étienne le reconnaît, il ouvre ses bras en balbutiant Pa-pa-pa. Le bras augmenté par la marionnette, Barthélemy s'avance pour enlacer sa femme et son fils. Puis, pour prolonger la joie, Barthélemy fait signe à Étienne de regarder Monsieur Persil refermer la porte d'entrée. Le rire de l'enfant explose, secouant tout son corps potelé.

Barthélemy passe dix ans à améliorer son dernier modèle de métier à coudre. Dix ans, presque le temps d'une enfance. Il a tant travaillé que ses paupières se sont abaissées et lui donnent en permanence un air inquiet. Si bien que Madeleine ne saurait dire s'il est déçu ou heureux quand il lui annonce que le nouveau métier à coudre est achevé, qu'il s'apprête à en déposer le brevet. Cette fois-ci en son seul nom. Car il en est bien l'unique inventeur et mécanicien.

Il a composé plusieurs dessins et rédigé une dizaine de pages pour présenter la machine. Il a soigné les moindres détails du dossier, comme l'aurait fait Ferrand. Barthélemy est certain d'obtenir le brevet de cette nouvelle machine au mécanisme en cuivre qui tient dans une caisse en bois d'à peine dix kilos, effectue deux cents points à la minute, présente une couture délicate, régulière, solide et convient à tous les types de tissus pour confectionner des costumes autant que des robes, des parapluies autant que des blouses, des sacs autant que des gants.

À chaque rentrée, ma mère coud des pochettes en viscose sur lesquelles elle brode notre prénom et notre classe et qui servent à ranger notre serviette de cantine. Les peignoirs à capuche que nous emportons dans nos sacs les jours de piscine ont été cousus de ses mains douces et agiles. Si nous avons besoin d'une ceinture pour marquer la taille d'une robe ou d'un châle pour l'hiver, nous les lui demandons, nous savons qu'elle peut tout coudre avec sa machine.

Elle fait des coussins et des taies d'oreiller en coton imprimé. Avec les chutes de dentelle, elle fait des napperons sur lesquels elle pose un vase ou une lampe. Elle s'est cousu un tablier avec de la toile cirée. Toutes les fenêtres de notre maison sont habillées de rideaux que ma mère a cousus à la machine. Toiles de coton écru dans le salon et dans la salle à manger, voiles blancs ornés de dentelle dans la cuisine et dans la salle de bain, tissus satinés mauves ou bleu nuit dans les chambres.

La couture des rideaux lui demande de la patience et de la précision. Il ne s'agit pas de poser une pièce de tissu sur une tringle. Ma mère exige un tombé parfait et que le haut du rideau recouvre la tringle. Le métrage, la pose du galon et des crochets, la profondeur des plis, la couture de l'ourlet, ce n'est pas seulement une technique, c'est une science. Lorsque ma mère confectionne de longs rideaux, le voilage déborde de la machine, recouvre son corps et s'étale sur le sol comme de la mousse. On dirait qu'elle coud dans une robe de mariée augmentée d'une traîne chapelle.

Barthélemy reçoit la validation du brevet un matin du printemps 1845. Sûr de lui, il parcourt les environs d'Amplepuis en distribuant dans les commerces des affiches pour vendre son métier à l'unité. Il en propose le prix de cinquante francs, manuel d'usage et frais de port compris. On lui en commande. Mais jamais assez pour que le temps passé à la fabrication lui permette d'offrir une vie tranquille à sa famille. Et l'argent manque. Alors, engrenage pernicieux, il ne peut pas monter autant de métiers qu'il le souhaiterait pour multiplier l'offre.

Il lui faudrait trouver un associé. Aussi doué mais moins crapuleux que Ferrand.

Villefranche-sur-Saône

Barthélemy rencontre Jean-Marie Magnin, un avocat ou un fils d'avocat, on hésite. Le second vient frapper à la porte du premier, un jour de l'été 1845, quand les rayons du soleil tombent, raides et francs, du ciel bleu sur les champs d'Amplepuis. L'homme propose à Barthélemy de financer un atelier de fabrication à Villefranche-sur-Saône pour multiplier les commandes dans tout le pays. Et pourquoi pas au-delà.

Barthélemy, qui peine à vendre cinq machines par mois, juge Magnin bien prétentieux. Mais il écoute sans le contredire quand celui-ci évoque des affaires à négocier en Angleterre. Barthélemy n'est pas un briseur de rêve de marché international. Il ne s'oppose pas à la proposition, à la seule condition de garder le titre d'inventeur exclusif. Magnin acquiesce immédiatement.

À l'ouverture de l'atelier Magnin & Thimonnier, l'avocat (ou le fils d'avocat) réunit quelques mondains autour du métier à coudre. Certains invités y voient la future promesse du progrès technique. D'autres une invention trompeuse, qui ne résistera pas aux évolutions internationales.

Un rédacteur du *Journal de Villefranche*, séduit par la machine autant que par Magnin qui offre petits-fours et flatteries sans compter, publie un article. Il décrit le métier à coudre comme une machine admirable, étonnante, incroyable, révolutionnaire, merveilleuse, vendue à un prix modique. Il présente Thimonnier comme un simple et modeste ouvrier, un habile mécanicien. Le texte est à la fois une généreuse annonce qui vise à rendre public le métier à coudre et une propagande pour l'économie libérale qui justifie son système inégalitaire et égoïste en gratifiant la patience d'un misérable ouvrier transcendé par un labeur mis au service du bien commun.

Le paradoxe éveille l'esprit d'un lecteur. Il adresse sa critique au journal qui la fait paraître la semaine suivante. L'anonyme dénonce une machine qui est une calamité publique, dont la propagation engendrera la misère des femmes qui ne peuvent prétendre à un autre travail que la couture. Pour éviter cette pauvreté, il faut repousser la machine ou pourvoir les femmes d'une autre industrie.

Barthélemy se fâche et s'en mêle. Il envoie une longue lettre qui paraît quelques jours plus tard. En premier lieu, il n'autorise pas le lecteur anonyme à traiter son métier à coudre de « calamité publique ». Barthélemy et sa machine ne font qu'un : insulter l'invention c'est agresser l'inventeur. Inventeur qui n'est qu'un « pauvre ouvrier », ajoute-t-il. Comprendre là qu'on ne vienne pas lui expliquer la misère ni le soupçonner de souhaiter celle des autres. Puis il se lance dans une leçon d'économie politique qu'il déroule en cinq points.

1. Rien n'empêche les femmes d'être employées à l'égal des hommes dans les industries et de diriger les machines. (Rien, peut-être, mais pas personne.)

2. En réformant l'éducation des femmes, en créant des écoles de formation professionnelle, elles pourront alors, à compétences égales avec les hommes, exiger le même salaire. (Il ne peut pas encore savoir que l'enseignement technique et professionnel opérera non seulement une division reposant sur des critères douteux entre des sections réservées aux garçons et d'autres aux filles mais aussi une hiérarchie entre les sections reproduisant et accroissant les inégalités et de sexe et de classe.)

3. En comparant le nombre de copistes employés avant l'invention de l'imprimerie au nombre de travailleurs dans ce même secteur et dans les librairies, on constate aisément que la machine industrielle produit des emplois, en grand nombre. (Il ne dit pas que cela est permis par des salaires abusivement bas.)

4. Les métiers à tricoter, à tisser, à rubans, à tulles, à mousselines, permettent à l'ouvrière de s'habiller aussi bien que les grandes reines. (Il n'est pas certain que l'ouvrière envie la dame dont le corps est compressé sous les multiples couches de tissu. Aussi, comme l'or

ou le thé, le prix du tissu varie selon sa qualité et sa rareté. Une ouvrière n'ayant pas les mêmes moyens qu'une reine, leurs garde-robes ne peuvent être identiques.)

5. Une personne habillée avec des vêtements industriels fabriqués grâce au métier à coudre pourrait économiser un franc par an soit le prix d'une journée de travail. (Un franc équivaut à deux kilos de pain ou cinq cents grammes de beurre ou deux douzaines d'œufs ou cinq pommes de terre.)

Ce dernier argument pragmatique vaut comme conclusion de sa lettre et n'appellera aucune relance dans les publications suivantes.

Malgré les publicités parues dans les journaux, les ventes directes du métier à coudre demeurent insuffisantes pour espérer les étendre dans tout le pays.

Des commerçants sont chargés de la distribution de prospectus mais les clients refusent de s'engager sur un tract qui ne permet ni de toucher ni de voir la machine en action. Quelques colporteurs recrutés par Magnin parcourent les campagnes, métier à coudre replié dans un coffret pendant au bout de leur bras endurci. Ils s'invitent avec insistance dans les maisons des paysans et des ouvriers qui préfèrent acheter aux marchands ambulants des produits utiles – harengs, liqueurs, graines, draps, bonnets. Exceptionnellement, ils cèdent à des nouveautés – pommades ou parfums. Il suffit que le vendeur se lance dans un exposé trop long et trop technique pour que la porte à peine entrouverte se referme définitivement. Il suffit d'un sourire exagérément appuyé en présentant la machine pour que la méfiance, pire ennemie du commerçant, s'installe. Même la formule « franco de port pour cinquante francs » ne convainc pas : pour des gens déjà pauvres, la somme est une ruine.

Il n'y a guère que dans les bâtisses bourgeoises que les vendeurs trouvent des clients. Rares mais bons payeurs. Certains notables des villages ne supportent pas d'être considérés comme des ruraux isolés de la capitale. Ils acquièrent le métier à coudre pour se piquer de suivre un nouveau courant technique. Lors d'une réception à la maison, exhiber la machine sert à marquer l'élévation de leur niveau de vie.

Afin d'améliorer la diffusion du métier à coudre, Magnin et Thimonnier décident de l'enrichir de nouvelles fonctions. Deux années durant, ils travaillent à l'élaboration d'une machine pouvant non seulement coudre mais aussi broder.

Pour l'obtention du brevet, ils décrivent une couture atteignant trois cents points par minute, soit cent points de plus que le modèle précédemment exploité. Ils précisent avoir mis au point un porte-aiguille muni de plusieurs aiguilles rapprochées pour exécuter diverses rangées de couture comme le nécessitent, par exemple, les voiles de marine. Ils ajoutent que la broderie peut s'appliquer à toutes espèces de tissus – mousselines, linges, velours, satins, draps, cuirs – et que le métier peut aussi faire des cordons destinés à la passementerie et à la bordure des habillements. Les trois parties de la machine se présentent dans une luxueuse chiffonnière d'un nouveau nom : le couso-brodeur.

Magnin a imposé la combinaison de mots sans que Barthélemy n'y trouve rien à redire. L'avocat (ou le fils de) a facilement convaincu le mécanicien que cette coquetterie sémantique, en vulgarisant la technique, évoquerait facilement les multiples fonctions de la machine dans l'esprit du client et ferait oublier l'image du métier à coudre au nom vieilli et aux performances caduques. La manœuvre lexicale est toujours employée aujourd'hui pour faire sa publicité, acheter sa réputation, imposer sa représentation de la réalité, c'est-à-dire une idéologie. Ça s'étend au-delà des objets en s'appliquant à des entreprises, des bâtiments publics, des festivals culturels ou des partis politiques.

Les quarante-quatre pages de description accompagnées de vingt-deux gravures ainsi que de plusieurs échantillons de couture, de broderies et de cordons sont approuvées par le ministère du Commerce. À la fin de l'année 1847, Magnin et Thimonnier obtiennent le brevet d'invention du couso-brodeur.

Londres

Pendant que Barthélemy fabrique les machines dans l'atelier de Villefranche, Magnin parcourt le monde. En février 1848, il est en Angleterre. On l'accueille, un vendredi soir, à l'Institut royal de Londres pour une démonstration de la machine devant des professeurs et des étudiants. À l'origine, ils devaient assister au cours d'Apsley Pellatt, un chimiste spécialiste de la verrerie. Mais le fourneau qu'il a allumé a tellement chauffé qu'il a explosé. Panique. On a cru qu'un incendie se déclarait dans l'amphithéâtre. Le chimiste a rassuré. Il ne s'agissait que de bris de verre. Plus de peur que de flammes. Pellatt, qu'on imagine vexé, a fait nettoyer les dégâts et reporté sa conférence. La guigne, pour une fois, frappe quelqu'un d'autre que Barthélemy.

Pour remplacer Pellatt, on annonce la démonstration du couso-brodeur par le Français Jean-Marie Magnin. Le public, curieux et attentif, reste en place. Magnin actionne la machine, en explique les principes techniques. Un traducteur – peut-être Mr Schmidt, peut-être Mr Smith – l'assiste. Les échantillons qui passent de main en main à mesure qu'ils sont cousus par Magnin éblouissent, enthousiasment, convainquent. Un ingénieur de Manchester approche Magnin. Dans un excellent français, il lui propose de financer un atelier de fabrication, ici, en Angleterre. Assisté de Mr Schmidt (or Smith), Magnin exprime son intérêt pour ce contrat plutôt généreux : il s'occuperait des affaires et Thimonnier, son mécanicien, de la direction des ateliers. Cela convient à l'ingénieur. Le contrat sera signé sous huit semaines, sans que personne n'ait demandé son avis à Barthélemy. Magnin imagine déjà que le marché du couso-brodeur pourrait s'étendre jusqu'en Écosse, peut-être même jusqu'en Allemagne. Et pourquoi pas en Amérique !

Amplepuis

Pour l'informer sans tarder de l'affaire anglaise, Magnin adresse une lettre à Thimonnier. Mais à peine le cœur des Thimonnier est-il gonflé d'une joie radieuse qu'il est crevé par un malheur. Et comme si la tristesse ne suffisait pas, la pluie s'est mise à tomber en gouttelettes fines et froides, glissant sur les joues d'Étienne déjà humides de larmes. Il a seize ans et il découvre la mort. Il ne comprend pas. La semaine dernière encore il embrassait sa grand-mère sur le front ; aujourd'hui il fixe le cercueil en bois déposé au bord du trou creusé profond. Madeleine avance d'un pas, serre son fils contre elle, l'enroule dans son châle noir pour le protéger de la bruine et du chagrin – normative, utilitaire, décorative, la fonction du vêtement peut être aussi consolatrice.

Le curé est un fils de paysans de Thizy, un homme au corps trapu, au visage fatigué, à la voix tendre et tranquille. Il dit, en relevant discrètement sa soutane traînant sur le sol détrempé, qu'une telle vie longue et laborieuse donc exemplaire assure la paix au-delà. L'amen est suivi d'un silence. À cet instant Barthélemy se demande si, par l'emploi du terme « exemplaire », le curé entend une vie à subir les conséquences de la tempête de 1795 dans laquelle sa mère et son père ont tout perdu – leur teinturerie et leur domaine à L'Arbresle. Une vie passée dans une ancienne tour de prison accordée comme logement de fonction au père garde champêtre, obligé d'accepter un emploi de crieur pour nourrir et habiller difficilement une famille nombreuse. Une fin de vie marquée par le veuvage et la vieillesse qui ont contraint sa pauvre mère à des ouvrages de tricot qui occupaient davantage son temps qu'ils ne lui rapportaient d'argent.

Le curé fait signe aux deux aumôniers de soulever la bière. Barthélemy avance d'un pas. Il regarde le cercueil, soutenu par deux cordes, se balancer au-dessus du trou rectangulaire. Il le regarde descendre et tressaille quand il l'entend résonner contre le fond caillouteux. Il lance une poignée de terre humide, signe sa poitrine. Puis c'est au tour de Madeleine et d'Étienne. Quand ils reculent, Barthélemy leur ouvre ses bras. L'étreinte est longue, empreinte d'une certaine retenue. Ils remercient les quatre habitantes venues prier et assister à l'inhumation, à un enterrement de pauvre, privé des apparats que l'industrie de la marbrerie vend à un prix insensé.

Avril, mai, juin passent et la peine ne quitte pas Étienne. En l'absence de Magnin, Barthélemy peut partager plus de temps avec son fils. Certains jours, il l'emmène dans l'atelier, à Villefranche. Il lui apprend quelques techniques du métier de tailleur : le choix des tissus, la coupe des pièces, la précision des gestes et des postures, l'usage des ciseaux, de l'équerre et de la jeannette, le montage du col et des manches. Ce que préfère Étienne, c'est passer le fer au-dessus de la braise et l'approcher de sa joue pour définir la chaleur idéale de la semelle avant de la faire glisser sur les pièces froissées. Il aime aussi manier le métier à coudre : maintenir la pression de la pédale, visser l'aiguille, installer la bobine de fil, guider l'étoffe, régler et nettoyer la machine à la burette.

J'apprends à coudre à trente-cinq ans, dans un atelier parisien. J'assimile vite les bases, ayant en mémoire les gestes de ma mère que j'observais enfant. Les cours sont animés par une jeune femme couturière, occasionnellement petite main chez Chanel. Elle nous apprend que si les robes habillent si bien les actrices c'est parce qu'elles sont retouchées au millimètre, que c'est grâce à ces précisions que les lignes de leur corps, comme celui de tout le monde, imparfait, semblent si gracieuses. La perfection de la couture permet ainsi de réparer tout ce que la vieillesse emporte cruellement : la fermeté et l'élasticité des tissus de la peau, les courbes et les muscles du corps. Non pas que la vieillesse doive être invisible mais elle peut être abritée sous un vêtement qui remplit les flous et les plis comme si l'habit comblait ce que le temps efface et déforme de la mémoire du corps – fonction consolatrice, encore.

La jeune formatrice s'amuse avec nous de nos ratés – une couture sur une marge, un ourlet trop bombé, une fermeture mal posée, un endroit contre un envers, une poche mal assemblée... Elle dit que notre pièce conviendrait pour un défilé Camel. Rires. Puis elle explique comment on peut sauver l'ouvrage. Coudre, c'est passer du temps à découdre. En couture, il semble qu'il n'y ait pas d'erreur qui soit irréversible. En cela, c'est une pratique qui appartient au domaine du merveilleux.

À l'exception d'une fille qui fait des études d'art, la plupart des inscrites (huit femmes, un homme) sont là parce que c'est la mode, la mode du DIY, injonction de politique managériale poussant chacun à se débrouiller seul, à se démerder pour réparer son lavabo, monter une cabine de douche, coudre ses masques, accueillir des migrants, financer la recherche sur le cancer, nourrir les pauvres, trouver un logement. Se démerder pour s'habituer aux politiques de renoncement aux financements publics.

Je viens à l'atelier tous les vendredis soir pour apprendre à coudre parce que ma mère a vieilli et ne peut plus me transmettre ces gestes qui ont façonné son corps et ses jours, toute mon enfance. Je veux pouvoir les acquérir, pour que ces gestes me traversent comme un héritage, purement physique, exclusivement technique.

Magnin rentre d'Angleterre début octobre. Fin novembre, Barthélemy doit organiser son départ. En décembre, son fils découvre qu'il peut atténuer la tristesse liée à l'absence de sa grand-mère grâce à des souvenirs si incarnés qu'elle lui semble présente. Pour autant, Étienne n'en a pas fini avec la mort.

Manchester

Barthélemy embarque vers 8 heures, un matin frais de janvier 1849. La sirène à vapeur résonne, camouflant l'activité bruissante des quais de Boulogne-sur-Mer. Depuis le pont, Barthélemy peut voir encore s'animer sur la jetée, entre les chaloupes abordant la grève, les marchands, les pêcheurs, les voyageurs et les mendiants. Ils rapetissent à mesure que le bateau s'éloigne du port. Bientôt, ils ne sont que des silhouettes minuscules et muettes, réduites quelques dizaines de milles plus loin à un tableau de mosaïques flou.

Le bateau navigue sous un ciel légèrement voilé, au milieu de cristaux, reflets des rayons du soleil sur l'eau. Quand il n'y a plus de rivage, le vent sans entrave souffle plus fort. La mer s'agite et crache sa mousse au visage de Barthélemy. Il quitte le pont pour se mettre à l'abri dans la cabine collective chauffée au poêle.

Au bas des escaliers en métal, il croise un marin pressé, qui lui tend un plat de faïence, qu'il remarque semblable à celui que possédait sa mère. Bien que

Magnin lui ait confié huit cents francs pour le voyage et l'installation à Manchester, Barthélemy détourne le regard, il n'est pas intéressé par l'achat de cette écuelle.

Dans le couloir qui mène à la chambre, il tangue. Il croise une femme qui vomit, accroupie, dans un des plats du marin. Il en comprend alors l'usage et regrette de n'en avoir pas récupéré un. Il le regrette d'autant plus lorsque, entrant dans la cabine, remué par la houle et indisposé par les odeurs des voyageurs malades, il sent que la nausée lui prend.

Il débarque à Folkestone vers midi et prend le train pour Londres sans même déjeuner. Il arrive dans la soirée. La nuit est tombée depuis plusieurs heures. Il est accueilli par le contremaître Schmatz, un Allemand de Francfort, qui parle aussi le français. Il l'emmène jusqu'à l'hôtel duquel ils repartent dès le lendemain pour se rendre à l'atelier de Manchester.

Barthélemy découvre une ville dure, sombre. Les habitations noircies par la vapeur du charbon, les paysages gris comme les chemins de fer qui le traversent, les gamins couverts de haillons, marchant sur les pierres froides et humides, sans bas ni souliers. Il en voit qui s'amusent dans les flaques avec un bâton, en vient à penser que le jeu est la seule douceur, inouïe, qui peut sauver une enfance, même la plus pauvre. Voit-il le rapport entre la ville industrielle et cette misère ?

Thimonnier loge chez Schmatz, contre cinquante sous par jour. La maison est située dans le quartier de

Hulme, à quelques mètres de la fabrique de métiers. Les pièces, les sols comme les murs, sont toutes recouvertes de tapis. La chambre de Barthélemy est chauffée au charbon. Il apprécie qu'il soit plus léger et moins fumeux que celui de Saint-Étienne. Il trouve son lit à quatre colonnes fait d'un matelas en paille de seigle confortable. Il aime le thé servi avec du lait, le hareng grillé, le bouillon noir accompagné de queues de bœuf, le porc rôti, la bière, les petits pains moelleux qui ont la forme d'une motte de beurre. Il se considère convenablement logé, bien nourri, généreusement payé. Il peut, comme il en a convenu avec Magnin et par son intermédiaire, envoyer soixante francs à Madeleine, tous les mois. Il semble que le malheur ait cessé de harceler Barthélemy.

Il travaille six jours sur sept – il n'avait jamais connu le jour de repos – pour fabriquer une cinquantaine de couso-brodeurs.

Ma mère coud toute la semaine sauf le dimanche. Ce jour-là, on n'entend pas la machine résonner dans la maison et ce calme paraît étrange. Les enfants sont innocents, ils ignorent le respect absolu qu'ils doivent au repos de leurs parents travailleurs. Il est toujours une de mes sœurs ou moi pour demander à notre mère, la veille de la reprise de l'école, de reprendre une poche de pantalon qui commence à se découdre, un ourlet qui se défait, une déchirure dans une jupe. Ma mère a beau nous promettre qu'elle le fera le lendemain, on insiste, on la supplie, on menace de ne pas aller en cours si on ne peut porter le vêtement qu'on a choisi, il faut donc qu'elle le reprise, il y a urgence, c'est une question de vie ou de mort, on a promis à une copine de s'habiller avec ce vêtement lundi et nous n'avons qu'une parole.

Alors ma mère quitte le fauteuil du salon pour s'asseoir devant la machine et, quelques minutes plus tard, elle nous tend l'habit remis à neuf. Nous la remercions en l'embrassant mais il est tout aussi possible que nous oubliions parfois de la remercier et que nous arrachions l'habit de ses mains généreuses, que nous nous précipitions dans notre chambre pour l'essayer et nous réjouir de pouvoir le porter à l'école lundi. Les enfants sont franchement ingrats.

Barthélemy accueille des tailleurs venus de Londres et de Glasgow, à qui il montre sa veste cousue à la machine. La couture du vêtement plaît, beaucoup. Les tailleurs demandent des essais sur des échantillons de pantalons et de gilets. Le résultat est superbe. Tout le monde veut son métier à coudre. Les commandes sont si nombreuses que Barthélemy ne peut plus assembler les machines seul. Il envisage de créer un atelier pour former des apprentis mécaniciens à leur montage et à leur réglage.

Il reçoit un tailleur américain, fasciné par la qualité du travail mécanique – so so so amazing! L'homme souhaite commander plusieurs dizaines de métiers et prendre le brevet pour l'exploiter aux États-Unis. Les affaires sont excellentes. Si les commandes se multiplient encore, Barthélemy envisage d'adresser vingt francs de plus à Madeleine en mars prochain. Tout va si bien qu'il n'imagine pas que la guigne frapperait à nouveau à sa porte.

Fin février, il reçoit une lettre de Madeleine, qu'elle a fait écrire par le notaire d'Amplepuis. Barthélemy apprend que Magnin ne lui pas envoyé un sou – tous des Gripardin, décidément. Elle ne peut plus entrer chez le boulanger car il réclamerait avec insistance sa note qu'elle est incapable de régler. Elle ne peut plus se présenter chez l'épicier car il ne lui cédera plus aucune marchandise tant qu'elle n'aura pas payé les pots de lait, le beurre, les pommes de terre et les fruits secs qu'il lui avance depuis plusieurs semaines. Quand elle s'est rendue chez Magnin, à Villefranche, il l'a congédiée en la menaçant d'un procès.

Sans prévenir personne, Barthélemy quitte Manchester.

Sa relation avec Magnin devient impossible. La fatigue et la solitude, en s'additionnant, l'affaiblissent.

Quelques mois plus tard, l'argent manque à nouveau, déjà. Il revient à son métier de tailleur toute l'année durant. Sait-il qu'il a laissé de l'or entre les mains des Mancuniens et du Caladois, chacun pouvant désormais exploiter le métier à sa manière et en son nom propre?

Londres

Alors que la mécanisation se développe à leur avantage, les politiques, industriels, financiers et intellectuels anglais sont inquiets. Ils se regardent au pied de la rampe, ils veulent en décoller. Ils prétendent que si leur triomphe économique ne vient pas, c'est à cause des revendications ouvrières. Ne pouvant les faire taire, ils les contournent en diffusant un imaginaire du progrès économique. Le fantasme collectif comme moyen ; la richesse de quelques-uns pour fin.

On programme des cours publics pour évoquer les pratiques de l'épargne et convaincre des bienfaits des machines, promesses de confort (physique), d'abondance (de richesses) et de libertés (des individus). On fait distribuer des tracts pour dissuader ceux qui voudraient encore briser les machines. On diffuse des articles sur les arts mécaniques dans les fabriques. On fait construire un bâtiment en l'honneur du capitalisme où l'on programme une grande exposition universelle, la première.

Pour édifier l'immense serre dans le sud de Hyde Park en 1851, on a besoin de cinq mille ouvriers pour transporter, poser, assembler, monter les matériaux – des milliers de tonnes de verre et de fonte – à un rythme infernal, sans protection, sur un chantier mal sécurisé, pour un salaire improvisé et très insuffisant. La méthode n'appartient pas au passé : aujourd'hui, dans le désert, des ouvriers meurent sous cinquante degrés sur des chantiers où ils sont exploités pour construire de gigantesques stades climatisés. Les coulisses des grands projets capitalistes sont toujours macabres.

Derrière la gigantesque vitrine, où s'impose une image idéalisée d'une société unie grâce au travail industriel, huit hectares d'exposition sont répartis en quatre catégories : matières premières, machines, produits manufacturés, objets d'art. Quatorze mille marchands et inventeurs y sont invités. Ils viennent de vingt-cinq pays dont certains – sombre mise en abyme du principe d'exposition – exhibent leurs colonies comme des richesses accumulées grâce à l'industrialisation. Six millions de visiteurs y découvrent la division du travail et le libre-échange. Et pour que la fête soit totale, le prix du billet est assez élevé pour tenir à l'écart les classes les plus pauvres, les plus redoutées parce que les plus méfiantes à l'égard de la mécanisation. Le palais dit de cristal est un refuge où le culte hyperbolique de la machine révèle un monde rigoureusement hiérarchisé, où les règles structurent l'évolution socio-économique des classes moyennes.

Dans la section des machines, le bruit continu étourdit, les démonstrations aveuglent, les présentations hypnotisent. Sceptique ou enthousiaste, épaté ou effrayé – selon qu'en soi la fable de l'industrialisation a opéré –, le public approche les équipements ferroviaires allemands et anglais, les mécaniques agricoles et les moteurs à vapeur américains, l'appareil photo stéréoscopique du physicien écossais David Brewster, les chaises viennoises de l'ébéniste hongrois Thonet, le météorographe de l'Anglais George Dollond ou encore la machine à coudre de l'Américain Isaac Merritt Singer.

Singer est un mécanicien qui a aussi été ébéniste et acteur. Aucun de ces métiers ne lui a rapporté suffisamment d'argent pour vivre. Il a inventé une pelle mécanique qu'il a vendue deux mille dollars puis il a créé une machine à graver des plaques dont aucun éditeur n'a voulu. Il s'est alors penché sur le fonctionnement encore fragile d'une machine à coudre mise au point par Blodgett et Lerow.

Il l'a perfectionnée en ajoutant une table horizontale pour coudre le vêtement à plat : le tissu est maintenu avec un pied-de-biche vertical et avance grâce à une roue rainurée. La machine effectue neuf cents points par minute, elle est donc trois fois plus rapide que le métier à coudre de Thimonnier renommé couso-brodeur par Magnin. La couture est solide : une aiguille avec un chas près de la pointe forme un point noué en croisant deux fils – celui de la bobine et celui de la navette – dans l'épaisseur du tissu. Singer a monté sa machine sur une caisse dans laquelle une pédale est reliée à une roue dentée qui communique le mouvement aux mécanismes de l'aiguille et de la navette. Il a déposé le brevet en avril 1851, un mois avant l'ouverture de l'Exposition universelle.

Avant lui, avant Blodgett et Lerow, Elias Howe avait pris un brevet en 1846 pour une machine à deux fils, qu'il avait reprise de Walter Hunt, l'inventeur, en 1834, de l'aiguille avec un œil près de la pointe et de la navette. Et loin de l'Amérique, il y a eu, en 1829, Barthélemy Thimonnier, l'inventeur du métier à coudre mécaniquement à point de chaînette à un fil. Au XIXe siècle, comme au paléolithique, l'invention ne naît pas à une date précise dans un lieu unique grâce à un seul homme. Elle se développe et évolue, à peu près à la même période, dans plusieurs endroits du monde sans qu'aucun de ces lieux ne communiquent entre eux.

Au XIXe siècle, à la différence du paléolithique, quand l'invention devient un enjeu économique et que se pose alors la question de la propriété, en Amérique plus que partout ailleurs, la chose se règle au tribunal. Ainsi, Howe attaque Singer dont les avocats sont soutenus par Hunt. Le temps du procès, Howe gagne le droit de vendre et de faire vendre ses machines. Les entreprises ne peuvent acheter de licences qu'à Howe si elles veulent commercialiser des machines à coudre sans craindre un procès. Singer propose alors quinze mille dollars à Howe, qui les accepte. Avec cette licence, Singer s'engage dans un commerce international agressif et outrancier.

Ça commence avec les tailleurs new-yorkais, ou plutôt ça ne commence pas avec eux, qui s'opposent à l'introduction de la machine à coudre dans leurs ateliers. Comme le discours des artisans est solide et constant, Singer ne lutte pas et décide de faire acheter sa machine par les femmes.

Aux ouvrières qui ont besoin d'augmenter le budget de la famille et aux femmes de la petite bourgeoisie qui pratiquent la confection à domicile, il propose une machine à coudre qualifiée de familiale. Pour s'introduire chez elles, il loue des salles d'exposition au décor flamboyant où de jeunes démonstratrices souriantes et élégamment vêtues ont la charge de vanter un progrès mécanique qui sait concilier le salariat et les tâches ménagères. Il envoie des vendeurs frapper à chaque porte derrière laquelle il y a une femme à convertir en cliente et, si elle est pauvre, il suffit de lui suggérer un achat à crédit, symbole de démocratie marchande, et, si elle hésite encore, d'ajouter avec insistance une réparation gratuite.

Il invite les commerçants à faire de leur boutique un magasin-relais pour y vendre ses machines. Pour que la demande commerciale ne cesse jamais, partout des affiches représentent des femmes heureuses et concentrées cousant à la machine. L'image est insérée dans le S majuscule de Singer, qui se dresse, onduleux, comme un long serpent rouge sur le papier. De cet imaginaire de modernité promettant un gain de temps et une économie d'argent, auquel il n'y a aucune raison de ne pas croire, aucune femme ne voudrait être exclue.

La publicité mondiale crée la demande ; Singer assure l'offre. Il emploie plus de deux mille ouvriers pour fabriquer plus de cinq mille machines à coudre par semaine, lesquelles sont améliorées, embellies, personnifiées même, si bien que, les années passant, Singer fabrique davantage de machines, toujours davantage au point d'en produire plus d'un million en 1913. À ce point d'acmé, sous la fable magique de l'industrie domestique s'écrit un conte noir : la mécanisation incessante et croissante abaissant considérablement les salaires, les femmes, surtout les célibataires et les veuves, sont réduites à ce seul travail de couture domestique, condamnées à une paupérisation qui les oblige à accepter des commandes hâtives pour survivre et les contraint à travailler plus longtemps, plus vite, au-delà même de l'épuisement. Le travail à domicile devient l'usine chez elles ; leur régulateur de temps de travail n'est personne d'autre qu'elles-mêmes. Elles sont enchaînées à la machine, captives de leurs commandes qui rapportent péniblement moins de deux francs par jour. Et quand des ateliers les couturières salariées sortent pour se mettre en grève, les travailleuses isolées à domicile ne les entendent pas soit parce qu'elles sont trop loin soit parce qu'elles sont menacées de perdre définitivement leur ouvrage si elles les rejoignent.

Dans les années 50, Singer propose des modèles encore plus légers, faciles à démonter et donc à exporter. L'Américain fait distribuer ses machines par des commerciaux européens en Afrique. Les soutes des paquebots partis du Havre ou de Marseille sont chargées des machines à coudre à vendre au Maroc, en Tunisie, en Algérie.

En 1952 ou 53, ma mère achète une Singer à un démarcheur portugais, venu vendre des machines dans sa campagne algérienne durant la colonisation française. Pendant la guerre, José le commercial fuit, sans réclamer les dernières échéances du crédit auquel ma mère a souscrit. Après la déclaration d'indépendance du pays, ma mère rejoint mon père en France avec ses enfants et une valise.

Dans les années 70, ils font le voyage en Algérie, d'où ils rapportent leurs affaires. Parmi elles : la machine à coudre. Démontée en pièces, elle supporte parfaitement le long trajet dans le coffre de la voiture et la partie effectuée en bateau. Lorsque ma mère m'a raconté cette histoire – fragment de l'Histoire –, je me suis demandé si Singer était l'inventeur de la machine à coudre. J'ai découvert que c'était Barthélemy, que cela se sait peu voire pas car le récit populaire ne raconte pas l'histoire d'une invention (version

Thimonnier) mais l'histoire d'une innovation transformée en marchandise (version Singer).

Cette version-là commence en 1851, lorsque, à Londres, le jury de l'Exposition universelle remet la médaille du premier prix à Isaac Merritt Singer. La récompense aurait pu revenir à Barthélemy, qui a lui aussi envoyé son invention au jury. Mais le correspondant qui l'a réceptionnée a tant tardé à la transmettre aux sélectionneurs des prix que le métier est arrivé à la fin du mois d'octobre 1851, quelques jours après la clôture de l'exposition.

Guignol vient du verbe « guigner » qui veut dire « faire de l'œil » (guign'œil). Par extension, le substantif féminin « guigne » prend le sens de « mauvais œil », « malchance ». La locution « avoir la guigne » désigne alors celui qui « est malchanceux ». Exemple : Barthélemy n'a pas reçu le premier prix car il a la guigne.

Pour son invention, il reçoit tout de même un mot honorable du jury mais cette considération ne l'aide ni à vendre plus de mécaniques qu'il propose au prix de cinquante francs ni à être plus sollicité que les huit autres tailleurs qui sont venus s'installer à Amplepuis. Le travail ne nourrit plus, la vie est dure et une guerre inutile bientôt déclarée.

Crimée

Ils avancent, naïfs et forts des récits de voyage colonialistes qu'ils ont lus pendant la traversée, interminable. Ils s'imaginent déjà marcher sous le soleil brûlant et découvrir, au hasard des sentiers, une contrée où des femmes à la peau hâlée et au caractère secret se promènent, légèrement vêtues, dans des jardins luxuriants, où des baigneuses s'abandonnent avec plaisir à un érotisme libertin inaccessible en Occident. Ils avancent, mettent le siège devant Sébastopol, qui dure.

Ils découvrent une région où l'hiver est infernal. Les combats sont journaliers, les soins manquent, les ravitaillements ne sont jamais suffisants. Ils voient l'enlisement du front dans les tranchées. Ils se disent qu'ils sont là pour rien. Sinon pour mourir.

Ils c'est-à-dire des dizaines de milliers d'hommes souvent contraints. Comme Étienne, que la misère a mené jusqu'ici. Jeune et pauvre, il n'a pas pu se soustraire au service militaire pour lequel il a été payé par une famille aisée qui a demandé le remplacement de son fils. Après l'examen de médecine militaire – test visuel et auditif, pesée, mesure sous une toise en bois, prise du pouls et examen pulmonaire au stéthoscope –, Étienne a d'abord intégré la troisième compagnie des ouvriers constructeurs à Vernon puis son régiment a été transféré à Digoin en Saône-et-Loire avant d'être détaché à Marseille, d'où il a embarqué pour la Crimée, où il n'a pas vu le soleil depuis son arrivée.

Il fait froid et les feux, faits de bois bien trop vert qui flambe mal, enfument plus qu'ils ne réchauffent. La boue ruisselle sous les tentes. Étienne et les autres grelottent dans des pantalons larges enserrés dans des guêtres humides. La blouse bleue qui recouvre leurs uniformes puants et troués ne tient pas assez chaud. Ils n'ont pas lavé leurs vêtements depuis plusieurs semaines à cause du manque d'eau. Certains tombent malades puis meurent : quand ce n'est pas du choléra, c'est du scorbut ; quand ce n'est pas du scorbut, c'est du typhus ; et si ce n'est pas du typhus, il y aura une autre infection pour les achever.

Ils sont appelés à toute heure de la journée ou de la nuit pour assurer différentes corvées. Ceux qui en ont encore la force se déplacent jusqu'au point où l'on distribue des lots de denrées pour chaque compagnie. Ceux qui sont affaiblis se traînent en boitant jusqu'au bois, la boue collant aux souliers, pour couper des branches et en faire des fagots. Quant aux plus fébriles, ils aident sur place à redresser les tentes, rassembler de la paille, étendre les couvertures, préparer les marmites.

Ils mangent courbés sur une pierre, la gamelle serrée entre les genoux, ou allongés à même le sol, la tête sur un havresac. Le pain, même rassis, est rare. La soupe quotidienne est un bouillon trop salé transparent. Ils grillent les biscuits au feu pour les avaler plus facilement et se réchauffer. Même les chevaux sont affamés : ils lèchent la neige et broutent ce qu'il reste d'herbe au pied des arbres.

Étienne et les autres rêvent d'un cochon, d'une dinde, d'un lapin, d'une vache, d'une viande grasse et épaisse qui tiendrait au corps et boucherait l'estomac plusieurs jours, d'une gourde emplie d'une eau qui n'aurait pas un goût de vase qui dessèche. Ils s'imaginent sur une paillasse bien molle, bâillant sous une couverture chaude remontée sur leurs corps savonnés, d'où ils sortiraient fraîchement en s'étirant au matin.

Ils passent les nuits à monter la garde, dans la boue, assis sur une marmite. Ils dorment sous des toiles que le vent parfois trop violent écrase sur leurs têtes. Ils veillent alors à rester recroquevillés au centre de la tente pour ne pas toucher la toile trempée qui les inonderait davantage, s'enveloppent dans des couvertures mouillées.

Le froid est si rigoureux, si insupportable, qu'ils s'abritent au fond de trous creusés dans la neige, recouverts de mottes de terre et de branchages. Ils se collent les uns contre les autres pour se tenir chaud et quand le sommeil ne vient pas, ils se refilent leurs mégots en attendant un nouveau jour. Certaines nuits, ils ont ordre de ne pas parler ni fumer. Dans la boue glacée, ils se déplacent en rampant discrètement pour se refiler un bidon d'eau. Dans ces silences nocturnes, ils croient voir l'ennemi partout : l'ombre d'une branche devient la pointe d'un casque, le craquement des feuillages annonce les pas lents de l'ennemi ; la course d'un hérisson, le hululement d'une chouette, le bond d'un lapin renvoient aux pièges des adversaires.

Au matin, ils sont toujours plus épuisés que la veille. Jour après jour, les élans patriotiques se font de plus en plus rares. Les quelques mots qui circulent sont réservés au soutien des soldats les plus abîmés, ceux dont on sait que la fièvre, la faim et la fatigue les ont rongés et qu'ils vont partir dans la nuit, dans la soirée ou dans l'instant.

Les soldats survivants ne forment plus une armée mais un groupe de squelettes affamés. Il y en a qui pleurent et leurs larmes se figent sur leurs visages gelés. Il y en a qui hurlent et leurs supplications déchirent leurs lèvres gercées. Il y en a qui dorment mais leurs yeux glacés ne peuvent plus se fermer.

De ce brouillard de fureur, ils ne sortent qu'au moment rare et attendu de la remise des courriers. Un mot d'une mère et le rythme cardiaque s'apaise. Une carte d'un père et l'esprit revient à la raison. Une lettre d'une épouse et le courage recolle aux tripes. Un colis d'un cousin et l'estomac se dénoue. Un paquet de Barthélemy et le regard d'Étienne, d'ordinaire si confus, s'éblouit.

Étienne déplie la feuille lentement, délicatement, parce que c'est pour lui comme une étreinte rassurante. Ça commence par les mauvaises nouvelles : la faim à cause des vignes et des pommes de terre malades, le manque d'ouvrage pour les tisserands et les tailleurs, la peur du choléra qui décime la Provence, provoque des vomissements et des coliques avant de faire crever de soif les gens qui gisent dans les rues, parfois plusieurs jours, le visage creux et noir. S'ensuit une promesse, celle de s'enrichir prochainement avec le métier à coudre pour faire remplacer Étienne au service. Puis les mots de gratitude pour remercier son fils de lui avoir prêté de l'argent, sans quoi Barthélemy aurait dû vendre la maison à prix de rien. Enfin l'espoir que la guerre se termine, que la misère cesse et qu'Étienne rentre chez eux.

Au fond du petit carton, il trouve des échantillons de la taille d'un mouchoir. Des carrés de tissus chauds et doux, reliés comme un livre, solidement cousus avec le métier que Barthélemy a encore perfectionné. Étienne les glisse dans la poche intérieure de sa vareuse et quand il la referme, il sent les étoffes coller à son cœur comme un aimant.

Amplepuis – Paris – Amplepuis

Pour Madeleine, chaque lettre est un possible tremblement de terre. Surtout quand le courrier vient de Paris. Celui-ci est daté du 30 octobre 1854. Elle dépose l'enveloppe au nom de Barthélemy sur la table. Elle imagine, non pas les mots sur le papier, mais son mari les lisant et annonçant, le ton effondré et l'articulation bégayante, le décès de leur fils. *Mort.* De faim ? De froid ? De maladie ? Au combat ? Ils n'en sauraient rien. L'armée ne donne pas ces détails-là, parce que les familles à informer sont trop nombreuses, parce que les corps sont trouvés dans un état si inqualifiable qu'il est impossible de déterminer la cause précise de la mort, parce qu'il vaut peut-être mieux ne pas savoir quand où comment pourquoi.

Quand Barthélemy entre dans la cuisine, il trouve Madeleine assise, le regard sec, un ruban mauve brodé sur ses genoux. Lorsqu'il se met à lire à voix haute, Madeleine déplie ses doigts accrochés au ruban. Elle laisse tomber son crochet et plonge ses yeux brillants dans ceux de son mari. Joie ! L'expéditeur annonce qu'il est parti de Guadeloupe pour traiter des affaires à Paris. Il s'appelle Darlue et Darlue veut rencontrer Thimonnier, dont il a lu dans un journal d'arts techniques qu'il est l'inventeur d'un métier à coudre.

Barthélemy, malchanceux mais consciencieux, y croit et adresse en réponse des échantillons cousus avec le métier à coudre qu'il a fabriqué récemment. Darlue relève la solidité de la couture. Pour le reste, il ne fait pas la différence entre les étoffes cousues au point de chaînette et les tissus cousus au point arrière, un perfectionnement que Barthélemy a récemment intégré à la machine. La nouvelle technique permet de coudre lâche et serré, à grand point ou à petit point, toutes sortes de tissus. La couture est indécousable et assure une jolie netteté.

Pour Darlue, seul compte le commerce. Les machines l'intéressent en tant que marchandises, pas comme innovations. Il propose à Barthélemy de payer le voyage jusqu'à Paris et un acompte de mille deux cents francs pour la fabrication de mille métiers. Son coût à l'unité revenant à une cinquantaine de francs, Darlue prévoit de revendre le métier près de trois cents francs. Les bénéfices pourraient être considérables, promet-il. Barthélemy, malchanceux mais obstiné, accepte.

L'odeur de sueur incommode les voyageurs qui partagent leur compartiment avec des mouches bruyantes. L'air est si lourd qu'il donne la nausée. Barthélemy guette le choléra : il surveille la couleur des visages et prend régulièrement sa température en posant le revers de sa main sur son front. Après seize heures de trajet, il arrive à Paris, épuisé et pâle.

Darlue ne s'est pas déplacé jusqu'à la gare pour l'accueillir. Il a fixé le rendez-vous dans un appartement de la rue Quincampoix, tout proche de la chambre qu'il a louée pour Barthélemy. Ensemble, ils conviennent de la fabrication de deux types de métiers en fer et en cuivre, l'un à point de chaînette, l'autre à point arrière. Darlue laisse Barthélemy libre de travailler comme il le souhaite à une condition : les machines devront être prêtes pour l'Exposition universelle de Paris qui a lieu dans six mois. À cette condition, Barthélemy n'est plus libre de travailler comme il le souhaite.

De Darlue, Barthélemy semble ne pas savoir grand-chose. Mais ce ton, ferme et condescendant, lui fait penser que le Gripardin de Guadeloupe serait bien le genre de gars à avoir hérité d'une famille de colons qui s'est enrichie sur la misère des esclaves. Le genre à avoir eu des domestiques à l'âge de huit ans et qui jouit de donner des ordres. Du genre à posséder une plage pour y faire dormir son bateau, qu'il désamarre une fois l'an. Genre : j'ai une résidence secondaire que je réserve à mes dîners d'affaires et aux galas qu'organise ma femme – il doit être marié, il porte un anneau en or à côté d'une chevalière.

Barthélemy s'installe dans sa chambre, froide. Depuis l'unique fenêtre, il ne voit même pas le ciel. Il commence par établir les plans des mécaniques. Il les adresse ensuite à un modeleur qui les transmet à un fondeur. Chaque étape de fabrication prend plusieurs semaines. C'est un problème. En attendant de recevoir toutes les pièces pour monter les métiers à coudre, Barthélemy doit puiser dans son acompte. La vie est toujours aussi chère à Paris. Bientôt il ne lui reste plus rien.

En avril, il réclame à Darlue un nouveau fonds pour fabriquer des outils. Pour se nourrir, aussi. Darlue refuse. Barthélemy jure qu'il passe pourtant ses jours et ses nuits au montage des métiers, que cet acharnement lui vaut d'ailleurs des boutons partout sur le corps. Il montre ses bras et ses mollets. Darlue le regarde, s'inquiète pour son commerce. En comptant les semaines qui le séparent de l'Exposition universelle, il comprend que les métiers ne seront pas prêts. Il s'énerve contre Barthélemy et le renvoie.

Barthélemy rejoint la gare à pied, avec cinquante francs en forme de dédommagement, une somme qu'il a obtenue en négociant si durement que c'en est humiliant. Sur le chemin, il s'arrête souvent. Il balance son sac en bandoulière sur le dos et se met à gratter ses bras et ses jambes pour se soulager des démangeaisons.

L'arthrose, en particulier, et la vieillesse, plus généralement, ont rendu ses articulations et ses membres rigides et douloureux. Ma mère ne coud plus. Sa vue a tellement baissé

qu'elle ne peut plus faire entrer le fil dans le chas de l'aiguille – geste primaire, geste premier qui conditionne toute la couture à la main comme à la machine.

Nous cousons, ensemble, une unique fois, pour raccourcir les jambes d'un jean. Ma mère sort le petit monstre de son coffre, où il repose depuis vingt ans au moins. Je prépare les bas en marquant les coutures avec des épingles à tête, j'installe la bobine et la canette. Dans la fente, une aiguille est déjà en place, en bon état, nous ne la changeons pas.

J'essaie d'appuyer sur la large pédale rectangulaire en fonte mais elle ne bouge pas. Impossible d'impulser le mouvement, donc la couture. Ma mère prend ma place. Ses deux pieds, un peu gonflés par la rétention d'eau, enfouis dans ses chaussons en daim, font basculer la pédale d'avant en arrière et c'est parti. La machine gronde, l'aiguille pique le jean, guidé par les paumes de main de ma mère. Je n'arrive pas à distinguer si c'est elle qui donne le rythme, si régulier, à la pédale ou si c'est la pédale qui l'entraîne. Il semble que l'énergie soit partagée. Le corps de ma mère et la machine ne font qu'un. Ses gestes, ces sons : toute une enfance, un temps où la machine activée quotidiennement disait toute la vie qui habitait notre maison, toute la vie devant nous.

Dans le hall de la gare, Barthélemy fend la foule de voyageurs portant des valises neuves et pleines, encombrés de coffres hauts, de larges malles, de boîtes à chapeaux. Il titube en contournant celles et ceux qui partagent des accolades. Il piétine, étourdi par les bruits de couverts que ramasse le buffetier et le vacarme métallique des locomotives qui se préparent au voyage. À l'annonce du départ, il se dirige vers le quai où le train, baignant dans ses vapeurs de charbon, sursaute sur les rails.

À mesure que le train prend de la vitesse, ses cahotements se font de plus en plus réguliers. Barthélemy pose sa tête sur sa veste roulée en boule contre la vitre et s'assoupit, porté par une tristesse qu'il n'a jamais connue si profonde. Il n'a plus de forces mais il a un dernier vœu : inventer un métier à coudre simple à fabriquer et à utiliser, qui atteindrait quatre cents points par minute et dont il ferait cadeau à Étienne à son retour de Crimée. Après quoi, se jure-t-il, il se reposera, s'il est encore vivant.

Paris, place de la Concorde

Ils – députés, généraux, sénateurs, banquiers, négociants, entrepreneurs – sont arrivés vêtus d'habits noirs brodés d'or et d'argent. Ils sont debout, face à la tribune installée dans le pavillon central du Palais de l'Industrie. Devant eux, les épouses. Leurs robes brillantes ourlées de dentelle et ornées de perles débordent des banquettes en velours.

Le prince rejoint le pupitre. Il célèbre son cousin, l'industrie, le commerce et l'agriculture – dans cet ordre. Après lui, l'empereur déclare ouverte l'Exposition universelle parisienne. Brièvement : bonheur, temple, paix, peuples, concorde. La bourgeoisie applaudit. La fête va durer cent quatre-vingt-cinq jours.

Au sein du bâtiment aux grandes verrières, décoré d'armoiries et de drapeaux, meublé de statues et de divans, agrémenté de fontaines et de fleurs, les vingt mille exposants sont réunis par nationalités réparties en classes subdivisées en sections spécifiques elles-mêmes installées par ordre alphabétique. Qu'on ne se demande plus d'où vient cette passion française pour l'organisation vertigineuse de l'administration. Les différentes galeries sont reliées entre elles par des escaliers en pierre monumentaux ou séparées par des colonnes en fonte et des poutres en fer forgé.

Le vendredi est un jour réservé aux bourgeois ; le ticket coûte cinq francs. Ce public-là, pour ce prix-là, est prêt à piétiner des heures durant. Pour découvrir la première galerie réservée à l'artisanat français, quelle que soit la section – céramique, cordonnerie, poterie, orfèvrerie, cristallerie, ébénisterie, fonderie, imprimerie –, il faut patienter. L'attente est longue aussi devant les manufactures de soierie du Rhône venues présenter une immense paire de rideaux en mousseline sur laquelle se dessine un paysage oriental brodé au crochet, figurant une somptueuse fontaine jaillissant sous l'ombre de lataniers. L'œuvre provoque au sein des groupes de visiteurs un chœur d'onomatopées dont l'écho persuade ceux encore dans les files qu'ils n'attendent pas pour rien.

Dans les sections étrangères, les familles les plus riches commandent des toiles de Bedford et des chemises de Sheffield, des armes blanches de Belgique, des porcelaines et des verres de Bohême. Les plus frileuses se mêlent au jury avant d'acheter. Elles suivent les jurés qui estiment chaque objet en procédant à une énumération de critères pour évaluer tour à tour les formes, les proportions, les dessins, les ornementations, les couleurs, le style, les reliefs, c'est sans fin.

La nouvelle galerie réservée aux instruments de musique est l'une des plus attendues. On patientera trois heures s'il le faut pour assister à des concours de composition, de chorale et d'instruments. Pour écouter des orgues, des hautbois, des flûtes, des cuivres, dont on apprécie avec plus ou moins de justesse la puissance, la finesse, le caractère. Pour observer les ouvriers au travail : ils fabriquent les instruments, à la tâche et à la chaîne, dans un espace plus semblable à une usine qu'à un atelier artisanal. La musique aussi est devenue industrielle. Ça ne semble gêner personne.

Dans la dernière galerie, le public découvre les machines. Antre du progrès industriel et économique, c'est là qu'on fait des affaires, dans le bruit des turbines et sous une chaleur de serre. Patrons et rentiers vaguent d'engins agricoles en moteurs hydrauliques, de moulins à vent en locomotives à vapeur, de voitures publiques en machines domestiques. Ils s'arrêtent devant le groupe des moissonneuses-semeuses-faucheuses, des mécaniques qu'ils considèrent comme des investissements fiables et nécessaires. Ils sont moins convaincus par la tondeuse à gazon, ont une pensée pour leurs domestiques quand ils passent devant la laveuse à vapeur, sont mollement enthousiasmés face au percolateur hydrostatique qui fait un bruit infernal.

Les commerçants qui ont les moyens d'agrémenter leurs boutiques d'objets modernes sont attirés par les machines à coudre de Singer. Une cinquantaine de modèles, chacun présentant une particularité mécanique et esthétique, sont présentés et manipulés par des démonstrateurs à la diction impeccable. À côté de la marque américaine, Jean-Marie Magnin paraît minuscule et son couso-brodeur est presque invisible. Il est venu seul – sans Barthélemy, s'entend. Il ne se laisse pas impressionner par le spectacle commercial mis en scène par Singer. D'une voix ferme, il commente la mécanique et les gestes de l'ouvrière, propose de toucher les étoffes cousues et les tissus brodés grâce à l'aiguille à crochet soigneusement polie. Le résultat des coutures est souvent jugé fragile mais la qualité de la broderie mécanique est largement saluée.

La visite du Palais de l'Industrie s'achève au restaurant, installé aux portes de sortie de la galerie des machines. Les bourgeois s'y rendent pour se distraire, se montrer, prolonger les discussions d'affaires et reposer leurs pieds enflés. Les ouvriers, eux, ont accès à la cantine des employés. Les plats y sont moins chers, moins variés, et moins bons, forcément. Le restaurant ou la distinction de classe.

Les ouvriers accèdent à l'exposition uniquement le dimanche, jour de repos des travailleurs. Ce jour-là, le tarif d'entrée est baissé à vingt centimes. À ce prix-là, ils peuvent découvrir une salle qui leur est spécifiquement réservée : la galerie de l'économie domestique. Le bazar n'échappe pas à une organisation excessivement rigoureuse : les articles sont répartis entre l'alimentaire, le mobilier, les accessoires ménagers, le vestimentaire.

Nouveauté : leur prix est fixe et non plus fixé à la tête du client. Car il ne s'agit plus seulement de convaincre par le verbe la classe ouvrière du progrès industriel, il s'agit de lui apporter la preuve matérielle que son salaire de misère lui permet de se payer

des biscuits, des fruits et des légumes, du café, du sucre, des épices, du vin, du lait, du pain, des œufs, du miel, de la viande, des sardines,

une commode, une table ronde, une table longue, une pendule, un berceau, un lit, une paire de chaises, une armoire, un bureau, un tabouret,

des bougies, des chandeliers, du charbon pour la cuisine, un poêle, un balai, un soufflet, des épingles à linge, une marmite, une bassine, un grilloir à café, un panier, un seau, une cruche, un broc, un vase de nuit, une soupière, des timbales par quatre, une pile d'assiettes, des couverts par huit, un rasoir, une brosse à cheveux, une ardoise, une carte de France, du tabac, du papier à cigarette,

un tricot, un manteau, une flanelle, des mouchoirs, un jupon, un tablier, une casquette, un chapeau, une voilette, un parapluie, une paire de sabots, des chaussons, des gants, des bas, des chaussettes et un trousseau de couture pour les repriser – comme si raccommoder encore et encore et encore une pièce qui tombe en lambeaux était un progrès pour les pauvres.

Les patrons y ont cru. Ils ont cru qu'avec une telle

galerie, un droit d'entrée à la cantine des employés de l'Exposition, la participation des compagnies de chemin de fer proposant des voyages pour Paris à tarif réduit, les contremaîtres renvoyés dans les ateliers après une visite de l'Exposition pour diffuser les discours appris par cœur sur la bienfaisance des machines, ils ont cru qu'ils obtiendraient le consentement docile des travailleurs. Sur quatre millions de visiteurs du Palais de l'Industrie, on compte à peine dix mille ouvriers.

Comment ont-ils pu y croire ? Alors que le machinisme paie mal, alors que le chômage a installé une telle concurrence entre les ouvriers qu'aucun ne peut risquer de quitter son poste, aussi répétitif et laborieux soit-il, comment ont-ils pu croire que les travailleurs se déplaceraient pour dépenser l'argent qu'ils n'ont pas dans une exposition parisienne ?

()

Les ouvriers sont ailleurs. Entre le taudis et l'usine, dans un espace intermédiaire que le réel insupportable a rendu possible, nécessaire. C'est un café dans l'Indre, c'est un kiosque en bord de Seine, c'est une échoppe à Saint-Étienne, c'est un jardin à Limoges, c'est un parc à Roubaix, c'est une rue à Villeurbanne… C'est la nuit, le plus souvent.

Dans ces interstices vierges des codes et des valeurs de l'industrialisation libérale, les ouvriers les plus isolés peuvent se rapprocher de ceux employés dans une même fabrique qui fédèrent ceux d'une même branche industrielle qui rassemblent les travailleurs d'une ville entière. Ils envisagent un machinisme qui bénéficierait à tous – entrepreneurs, inventeurs, ouvriers, contremaîtres – et assurerait les moyens d'une vie protectrice, heureuse même parfois. Ils se réapproprient leur corps servile, se découvrent d'autres forces que celle du travail régi par des règles déloyales et abusives. Il leur devient possible

de définir leur identité ouvrière,
de nommer le monde,
de penser construire chanter une autre société.

Dans ces marges blanches, ils proposent des ateliers de production autogérés, des élections ouvrières au sein des usines, où la machine est conçue comme un outil d'émancipation et non d'exploitation. Ils réclament du temps pour l'éducation, la santé, la famille, les loisirs. Ils luttent pour défendre et garantir par la loi des intérêts communs, pour que la liberté et la justice soient des droits universels et non des privilèges. Pour que leurs enfants, petits-enfants et tous ceux du siècle suivant accèdent à une instruction publique et gratuite au lieu d'être condamnés dans les fabriques à un âge où ils se demandent encore pourquoi le ciel et le soleil, pourquoi la vie, pourquoi celle-ci.

En ces lieux, ensemble, ils jurent de le bâtir de leurs mains calleuses et jaunies, ce monde-là.

Paris, place de la Concorde

Le dernier jour de l'Exposition universelle, le jury convie près de onze mille exposants à la remise des prix, distribués dans un ordre croissant pour signifier que plus la récompense est forte, plus elle est rare. Chaque lauréat reçoit son prix des mains de l'empereur et une fois médaillé sur l'estrade, comique d'inversion, l'exposant se voit contraint de célébrer et remercier avec insistance ce dernier. Après la remise des quatre mille mentions honorables et des trois mille neuf cents médailles de deuxième classe, deux mille trois cents participants reçoivent une médaille de première classe. Parmi eux, Jean-Marie Magnin – qui aurait préféré ne pas être appelé si tôt pour recevoir une médaille d'honneur voire une des cent douze grandes médailles d'honneur.

Avant qu'il ne soit décoré, le jury fait la lecture de son rapport. À Magnin, il annonce que sa machine produit un excellent travail lorsqu'elle est utilisée comme brodeuse. Magnin sourit, il pourra reproduire la face de sa médaille sur les affiches publicitaires du couso-brodeur, c'est chic et vendeur. Le jury regrette en revanche la piètre qualité de la mécanique en tant que couseuse. Les machines américaines sont plus simples, plus solides que la sienne. Déception de Magnin.

Mais joie pour Barthélemy quand le jury atteste solennellement que le métier à coudre à point de chaînette est l'œuvre qui a servi de type à toutes les machines à coudre modernes, dont celle de Magnin, dont celles de Singer. Le 15 novembre 1855, il est donc officiellement établi que Barthélemy est l'inventeur de la machine à coudre. Il n'est pas là pour l'entendre mais c'est écrit, imprimé, publié. Cela peut toujours servir.

Par exemple, le jour où il faudra lutter contre la misère en partie organisée par l'industrialisation mondiale et retrouver après la mort la dignité d'une vie volée. Il suffira d'un homme comme Meyssin, professeur et membre de la Société des sciences industrielles de Lyon, qui, dix ans après le décès de Barthélemy, réunit tous les documents pour faire reconnaître l'invention du métier à coudre et exiger, à ce titre, qu'une aide financière soit versée à Madeleine, désormais veuve et malade et chaque jour toujours plus pauvre.

La mémoire ainsi éveillée par Meyssin amorce une chaîne d'actions symboliques appelant au souvenir permanent du métier à coudre et de son inventeur. D'abord le conseil municipal d'Amplepuis accorde une concession perpétuelle gratuite aux époux. Puis, il décide que la rue Neuve portera le nom de Thimonnier.

À l'occasion du centenaire de l'invention, une cérémonie officielle se tient à la Sorbonne où une médaille est frappée à l'effigie de Barthélemy. Un an plus tard, à Lyon, Édouard Herriot inaugure un buste surmontant la fontaine de la place de l'Abondance. À Amplepuis, une plaque de marbre est scellée sur le mur de la modeste maison de l'inventeur.

En 1977, une association locale occupe l'habitation délaissée pour y conserver différents modèles de machines. Au mitan des années 80, les collections, de plus en plus importantes, sont transférées à deux pas, dans la chapelle néogothique de l'hôpital depuis longtemps désaffecté. Au centre de la salle éclairée par une rosace en vitrail, roi au milieu de ses valets, le métier à coudre de Barthélemy est entouré de machines fabriquées un siècle durant par Singer, Hurtu & Hautin, Pfaff, Peugeot ou Opel. Dans un couloir annexe sont ajoutées des machines à coudre en jouets munies d'une manivelle qu'activaient les enfants pour fabriquer des accessoires pour leurs poupées. Le sous-sol accueillera des cycles puisque leur mécanisme – une pédale qui entraîne une roue – repose sur le même procédé que celui de la machine à coudre. Foyer préservant la mémoire de l'invention technique mais aussi repère historique et social de l'après-industrialisation qui a vidé les usines textiles et fait disparaître avec elle les classes ouvrières, la chapelle devient le musée Barthélemy Thimonnier, de la machine à coudre et du cycle.

Quand les visiteurs découvrent ces symboles qui

rendent hommage à Thimonnier, ils ne savent pas que c'est hors du récit institutionnel que s'écrit la version la plus fidèle à la vie de Barthélemy.

En face du musée, en contrebas de la rue qui porte son nom, sa maison sommairement meublée accueille aujourd'hui, occasionnellement, discrètement, des personnes sans ressources, sans toit, sans soutien, sans travail ou sans un emploi suffisamment rémunéré, parfois sauvagement privées de tout cela en même temps. On l'appelle « la maison des gens de passage ». Un refuge unique, où l'on peut secrètement espérer, comme Barthélemy en son temps, que demain, malgré tout, la vie sera meilleure. Que la maison d'un artisan-inventeur errant, malchanceux et misérable soit devenue un abri temporaire qui protège d'une société du travail impitoyable, c'est une histoire qu'aucune fable ne peut dépasser.

Crimée

Le soir du 15 novembre 1855, quarante mille spectateurs privilégiés sont réunis dans le triple amphithéâtre du Palais de l'Industrie pour assister sous d'immenses lustres aux pendeloques scintillantes au concert de clôture de l'Exposition universelle. Au restaurant, le tableau des ventes final affiche le débit de quatre-vingt-dix mille bouteilles de vin, cent mille bières, trente mille kilos de viande et autant de légumes, quarante mille œufs, cinq cent soixante-dix mille pièces de boulangerie. L'indice commercial est la preuve que les affaires industrielles se portent bien.

À peu près au même moment, en Crimée, l'artillerie française a brûlé vingt-cinq millions de cartouches et lancé cinq cent dix mille boulets, deux cent trente-six mille obus, trois cent cinquante mille bombes, huit mille grenades soit trois millions de kilos de poudre.

Les régiments français reconstruisent les routes qu'ils ont démolies. Sur le bas-côté, ils montent des baraques pour accueillir les blessés et les malades, des écuries pour y abriter les chevaux, des magasins qu'ils ravitaillent en vivres et en armes.

Ils s'établissent dans la vallée de Baïdar puis sur le plateau de Khersonèse. Ils partent en reconnaissance, repartent au combat pour désarmer les dernières troupes russes. Peu à peu, ils parviennent à rejoindre l'embouchure d'où ils remontent le Bug. Ils se retranchent à Kamiesch et comme l'hiver est mortellement froid, ils suspendent les opérations et attendent le printemps (pour reprendre l'assaut) ou bien l'armistice (pour cesser le feu définitivement). Les deux viennent en même temps. L'armée française épuisée et amoindrie peut commencer à organiser son retour au pays.

À la fin de l'été, plusieurs régiments dont celui d'Étienne quittent la Crimée. Les vaisseaux reprennent la mer, avançant sur une eau encore encombrée des débris des batailles passées. Les soldats sont assis sur des sacs, fument sur le plancher mouillé, nettoient leurs armes en échangeant des phrases brèves, sèches, suspendues à un doute, une peur. Ils ne sont plus sûrs de rien désormais. Dans leurs yeux figés se reflètent la fatigue et la terreur, le désordre et l'affolement, la honte et la douleur. Ils se laissent secouer par les mouvements du bateau comme si leur corps ne leur appartenait plus. Aux mutilés et aux éborgnés, ils n'osent demander ce qui s'est passé. Où ? Quand ? Comment ? Ils préfèrent se taire, ils en ont assez vu. Le cerveau est plein d'images sanglantes et de bruits effroyables. Il faut ne rien dire et tout enfouir en soi pour ne pas faire remonter l'odeur des corps brûlés et des animaux putréfiés.

Quand ils débarquent en France à l'automne 1856, les régiments se séparent, s'installent dans différentes casernes. Étienne rejoint celle de Châteauroux où il lui a été annoncé qu'il devra rester mobilisé plusieurs mois encore. Quelques années, peut-être. C'est tout ce que lui souhaite Barthélemy quand il lui écrit. Parce qu'à Amplepuis comme ailleurs, la vie est devenue si dure qu'il est plus souhaitable d'être un soldat bien logé et bien nourri qu'un ouvrier pauvre et maltraité, dit celui qui, à l'âge de son fils, s'était tranché deux doigts pour ne pas rejoindre l'armée.

Rhône

Sur le plateau de la Croix-Rousse, dans les immeubles du cours d'Herbouville aux façades nues et régulières, trois ou quatre étages au-dessus des boutiques et des bureaux, derrière chaque fenêtre haute de deux mètres cinquante, il y a un canut qui travaille dans un logement exigu et encombré. Entre la soupente obscure d'où déborde un matelas de paille et l'alcôve qui abrite une cuisine rudimentaire, le métier à tisser claque contre les poutres en chêne. Les rayons obliques du soleil éclairent la pièce en formant des rubans de poussières d'étoffe et de fil qui flottent dans l'air.

En face, sur la colline de Saint-Just, sur la rive gauche du Rhône, en bord de Saône, il y a aussi des canuts, récemment installés. Craignant de nouvelles émeutes, les fabricants lyonnais ont organisé leur dispersion et comptent impressionner les ouvriers les plus résistants en faisant construire une prison dans le quartier de Perrache, non loin du palais de justice.

Au centre de la ville, autour de la place Sathonay, les

grands appartements prolongés par des balcons sont occupés par les dessinateurs, les metteurs en carte, les teinturiers, les rentiers, les fabricants, les négociants. Des professions moins bruyantes que celles exercées dans les faubourgs qui vivent maintenant au rythme de la production industrielle.

À Oullins, des milliers d'ouvriers sont répartis entre les nouveaux ateliers ferroviaires où ils moulent de la fonte ou des pièces de forge et la verrerie, travaillent autour des fours, des machines à souffler les bouteilles, des bains à mille trois cents degrés. Des entrepreneurs profitent de la traversée de l'Yzeron et de son eau pauvre en calcaire qui fait mousser le savon pour employer des blanchisseuses. Elles récupèrent le linge chez des clients exclusivement lyonnais puis elles le transportent dans des paniers débordants suspendus à un cheval jusque dans les lavoirs alimentés par la rivière. Leurs mains sont trouées à cause des frottements et des détergents.

Pour assainir les places publiques, on a déplacé les marchés aux bestiaux à Vaise. De sombres abattoirs d'où résonnent les cris et les gémissements des animaux, que les bouchers quittent avec du sang caillé sous les ongles. À la Guillotière, la main-d'œuvre nécessaire au fonctionnement de la cristallerie et de la vitriolerie rentre dormir dans des bâtisses insalubres.

Dans le quartier central des Terreaux, les ouvriers fabriquent des étoffes de style néogothique réservées à une riche clientèle qui les achète pour se vêtir et meubler ses appartements. Les tissus plus simples, dénués de motifs et d'ornements précieux, destinés aux clients modestes, sont produits dans les campagnes alentour, où la terre ne suffit plus pour se nourrir.

Au-delà des monts du Lyonnais, de Tarare où l'on fabrique les tulles et les mousselines, après le col des Sauvages, dans le Haut-Beaujolais formé de plaines ondulées, de plateaux bas, de prairies bocagères parsemées de hameaux et de fermes, dans le fond des vallées où coulent la Turdine, le Rhins et la Trambouze, les usines se sont imposées avec leurs toits en dents de scie et leur grande cheminée centrale. À Cours, à Thizy et à Amplepuis, les hommes, les femmes, les enfants se font employer dans les manufactures de couvertures et de molletons, de laine et de coton. Certains habitent les logements ouvriers construits à côté des ateliers, d'autres marchent plusieurs kilomètres par jour pour se rendre au travail. Quand la saison et l'économie sont mauvaises, les agriculteurs et les artisans qui ne parviennent pas à tirer un salaire suffisant de leur activité rejoignent aussi les usines.

Devenir ouvrier c'est accepter de passer dix-sept heures par jour enfermé dans un atelier à respirer les poussières et les vapeurs qui donnent un teint livide et provoquent des hémorragies. C'est occuper un poste où il faut rester courbé, debout, accroupi ou allongé si longtemps qu'on en a les jambes enflées, le dos tordu, les poignets démis, les doigts coupés.

À la campagne, le travail industriel impose une nouvelle musique, étourdissante, aliénante. On n'entend plus que le bruit des mécaniques, le crissement des cardeuses, le sifflement des vapeurs, le grincement des pistons, le cliquetis des rouages. Les ouvriers passent leurs journées et la moitié de leurs nuits, le visage barbouillé, accrochés au bras de la machine comme à une branche. Qu'ils la lâchent et c'est toute la chaîne qui s'interrompt, le travail qui s'arrête, le maigre salaire qui est suspendu. Des heures durant, ils sentent vibrer sous leurs pieds le sol de l'atelier. Quand ils ont déposé leurs tabliers et rentrent enfin chez eux, leurs oreilles continuent de bourdonner et leurs membres de trembler, ne sachant plus si c'est là l'illusion ou la véritable sensation que le travail, pénible et répétitif, a envahi leur corps tout entier.

Chacun sait que l'industrie ne peut pas améliorer sa condition. Elle ne peut que l'aggraver et, à ce titre, être un ouvrier pauvre et malheureux vaut mieux qu'être un homme misérable et malade. Car lorsque la santé et la force quittent le corps du travailleur alors il ne reste pour vivre qu'à accepter des tâches que les manufactures proposent d'effectuer à domicile. Des tâches ingrates qui nécessitent beaucoup de patience et rapportent peu.

Barthélemy, dont la santé décline depuis son retour de Paris et qui reçoit de moins en moins de clients parce qu'ils se fournissent davantage dans les boutiques industrielles, a accepté de dévider du coton chez lui. Il partage le travail avec Madeleine, quand elle a peu de commandes de broderie, ce qui arrive de plus en plus souvent, maintenant que les usines en produisent de façon mécanique, de façon à en vendre plus et pas cher.

Assis sur une chaise, Barthélemy et Madeleine déroulent le fil de l'écheveau pour le mettre en pelotes rondes et régulières. Cela leur rapporte une quinzaine de sous par jour. À peine de quoi se nourrir convenablement et suffisamment. Pour manger, ils empruntent parfois. Le temps passant, une dette en appelant une autre, ils mangent et remboursent de moins en moins. Pour survivre, il faut compter sur le don d'une voisine qui fait elle-même ses fromages ou sur la générosité d'un commerçant à qui il reste un peu de pain.

La vie quotidienne est impitoyable et c'est l'hiver.

Barthélemy fait les calculs : il perd moins à vendre ses outils de tailleur qu'à attendre des clients qui probablement ne viendront jamais. Alors il cède à des prix médiocres les craies, la cire, les chandeliers, les dés à coudre, les rubans métriques, la jeannette, les quatre paires de ciseaux, les étoffes et les chutes de tissu, les bobines de fil, les équerres, le fer à repasser, les couteaux, les canevas, les poinçons, la boîte à compartiments contenant les aiguilles et les boutons. L'argent des ventes ne lui permet pas de renoncer au dévidage pour autant, au risque de perdre définitivement les commandes.

Comme ils ont remboursé une partie de leurs dettes et peuvent se payer un repas par jour, Barthélemy consacre quelques moments à son métier à coudre.

Il veut corriger le seul et unique et dernier défaut qui lui résiste encore. S'il améliore la qualité de la couture afin qu'elle soit parfaitement indéfilable, la mécanique pourrait enfin être vendue chez les boutiquiers ou les particuliers.

La machine à coudre est toujours à la même place : dans la salle à manger, près de la fenêtre qui donne sur la cour désormais recouverte de pavés rouges rectangulaires identiques. Elle est repliée dans son meuble. Je ne l'utilise pas. J'ignore comment on l'installe hors du coffre, je ne sais pas lancer la pédale en fonte.

La machine est devenue un mobilier de décoration, elle accueille un grand vase en porcelaine dans lequel s'emmêlent de longues fleurs en tissu, de couleur vive. Elles sont une imitation excessive de ce que la nature peut offrir mais elles apportent de la gaieté, surtout en fin d'après-midi, quand le soleil pénètre dans la pièce et enrobe le bouquet.

Chaque fois que je tourne la clé qui reste toujours sur la porte dont le vernis est à peine écaillé, me reviennent des histoires, celles d'une femme, d'une mère, d'une famille, d'un exil, d'une enfance.

La machine à coudre de ma mère est devenue un objet-souvenir : un objet industriel étrangement précieux et intime. Il m'arrive d'ouvrir le meuble, parfois, quand je veux effectuer une couture à la main. J'y trouve tout ce dont j'ai besoin – des chutes de tissu, un découseur, des bobines et des canettes, des aiguilles, des épingles, des ciseaux, un mètre-ruban jaune, un œuf à repriser, des craies, des élastiques...

J'y ai récemment découvert une taie de coussin que j'avais faite à l'école élémentaire. Chaque enfant avait dessiné librement sur un papier que l'on avait ensuite transféré sur du tissu à l'aide d'un fer à repasser. C'est un carré de tissu blanc transparent. J'avais dessiné un escargot marron qui avance sur une route bleue comme l'océan – peut-être voulais-je signifier par là qu'il avait plu. L'animal rampe sous un nuage gris tristesse qui touche ses antennes géantes. J'y vois la métaphore de la peine que je traîne depuis qu'elle est morte. De l'absence définitive d'une mère, on ne se console pas. Même avec le temps dont on dit qu'il apaise en passant, il pleut toujours sur nos joies.

Au printemps 1857, Barthélemy n'a toujours pas perfectionné la mécanique et sa santé se dégrade davantage. L'eczéma ronge sa peau, l'asthme affaiblit son souffle, le manque d'oxygène entraîne des vertiges et des spasmes. Les tisanes de guimauve que Madeleine s'est procurées ne le soulagent pas. Il a besoin de repos pour se rétablir mais, pour se reposer, il lui faudrait disposer d'un peu d'argent et, pour en avoir, il lui faudrait travailler. Le cercle est vicié – depuis le début (de sa vie, de son siècle, de ce roman).

Le petit tailleur se rêvait un destin d'inventeur, son imaginaire a cent fois cogné contre le réel de la société industrielle. Consacrant sa vie à une machine qui a fini par la conditionner, ses voyages qui promettaient chaque fois un peu d'argent et de reconnaissance ont tourné à l'errance et à la pauvreté.

Quand vient l'été, Barthélemy ne peut plus faire un pas sans s'essouffler. Madeleine doit l'aider à porter à sa bouche la cuillère de bouillon clair tant il peine à lever le coude, à s'asseoir parce que son corps vacille même lorsqu'il s'accroche à la chaise, à se lever parce que ses jambes frêles et ses pieds déformés ne le supportent plus.

Plusieurs fois, elle lui suggère d'écrire à Étienne pour l'informer, au cas où. Barthélemy refuse de dire à son fils qu'il est malade. La vie de militaire le protège en lui assurant de quoi vivre. Quitter le service pour revenir à Amplepuis, c'est lui faire risquer de perdre sa place au sein du régiment. Madeleine le regrette mais elle respecte son choix, elle le comprend, ce choix du pauvre.

Tous les soirs, elle porte son mari dans leur lit. Elle le retient à ses bras qu'une vie de travail a musclés, l'aide à remonter le drap sur son corps fragile. Elle prend ses mains dans les siennes, caresse le bout de ses doigts mutilés et ses joues creuses. Quand il s'est endormi, elle repousse les fines mèches de cheveux gris qui tombent sur ses yeux fermés, s'approche lentement pour poser un baiser sur son front ridé puis elle descend à la salle à manger pour reprendre le fil sur l'écheveau.

Pendant qu'elle travaille, la nuit claire et chaude couvre Amplepuis et Barthélemy dort. Privé de rêves audacieux et de songes bienheureux, il est traversé par une succession d'images qui lui semblent si réalistes qu'elles représentent, selon lui, avec clarté, ce que seront ses derniers jours.

Un soleil orange et flou se lève sur Amplepuis. La lumière se dépose comme une étoffe légère, souple, brillante sur les champs et les fleurs. Les sabots des ouvriers quittant ou rejoignant les usines claquent dans les rues. Les commerçants déballent leurs cageots de marchandises. Barthélemy, sur le trottoir, secoue un drap rêche et épais qui gonfle sous l'effet du vent. Il le dépose sur son établi, passe ses mains tremblantes sur le tissu pour en atténuer les plis et les ondulations. Puis il pose avec précaution les trois pieds en bois, la pédale, le volant, le crochet, le porte-aiguille, les vis et les boulons, le mécanisme en cuivre, le coffret. Il est devant la porte de sa maison, debout, fébrile, les sourcils froncés, les yeux égarés, vêtu d'une longue blouse bleue trop grande pour son corps amaigri, contraint par la misère et la maladie de démonter le métier à coudre pour vendre chacune des pièces de son invention.

Sincères remerciements aux équipes de la COR et du musée Barthélemy Thimonnier où j'ai effectué une résidence d'écriture en 2018, soutenue par la DRAC Auvergne-Rhône-Alpes.

DE LA MÊME AUTEURE

Aux Éditions Gallimard

POULE D, collection « L'Arbalète », 2014.
DE MÉMOIRE, collection « L'Arbalète », 2019.

Chez d'autres éditeurs

RIEN DE PLUS PRÉCIEUX QUE LE REPOS, roman, Hélium, 2011.

Récemment parus dans la même collection

Michèle Audin
Une vie brève
Cent vingt et un jours
Mademoiselle Haas
Comme une rivière bleue
Oublier Clémence

Gaëlle Bantegnie
France 80
Voyage à Bayonne
Au pays d'Alice

Yamina Benahmed Daho
Poule D
De mémoire

Didier Blonde
Carnet d'adresses de quelques personnages fictifs de la littérature

Patrice Blouin
Tino et Tina
Baltern
Zoo : clinique

Pascale Bouhénic
Boxing parade
Lorsqu'il fut de retour enfin

Camille Brunel
Vie imaginaire de Lautréamont

Thomas Clerc

Paris, musée du XXIe siècle. Le dixième arrondissement

L'homme qui tua Roland Barthes et autres nouvelles

Intérieur

Poeasy

Dante

Vita Nova, nouvelle traduction de Mehdi Belhaj Kacem

Carole Fives

C'est dimanche et je n'y suis pour rien

Une femme au téléphone

Tenir jusqu'à l'aube

Françoise Frenkel

Rien où poser sa tête, préface de Patrick Modiano

Jean Genet

L'atelier d'Alberto Giacometti

Le funambule

Lettres à Ibis

L'enfant criminel

Rembrandt

Hervé Guibert

La mort propagande

Vice

L'Autre Journal

Suzanne et Louise

Pascal Herlem

La sœur

Limoges

Noël Herpe

Journal en ruines

Mes scènes primitives
Objet rejeté par la mer

Jonathan Littell
Le sec et l'humide
Triptyque. Trois études sur Francis Bacon

Marie Modiano
Espérance mathématique
Upsilon Scorpii
Pauvre chanson et autres poèmes

Frédéric Pajak
J'entends des voix, récit écrit et dessiné
Autoportrait, récit écrit et dessiné

J.-B. Pontalis, J.M.G. Le Clézio, P. Auster, P. Aulagnier, M. Dorra, M. Foucault, P. Alferi, F. Cusset
Dossier Wolfson ou l'affaire du Schizo et les langues

Samuel Poisson-Quinton
Un père à la plancha

Sylvain Prudhomme
Là, avait dit Bahi
Les grands
Légende
L'affaire Furtif
Par les routes
Les orages

Agnès Riva
Géographie d'un adultère
Ville nouvelle

Arthur Schopenhauer
Schopenhauer dans tous ses états, dessins de Frédéric Pajak

Joy Sorman
Paris Gare du Nord
L'inhabitable

Zouc et Hervé Guibert
Zouc par Zouc, l'entretien avec Hervé Guibert

Composition PCA
Achevé d'imprimer
par Normandie Roto Impression s. a. s.
à Lonrai, en janvier 2021
Dépôt légal : janvier 2021
Numéro d'imprimeur : 2005325

ISBN : 978-2-07-292996-0 / Imprimé en France.

376324